流行作家は伊達じゃない

今野 敏

ハルキ文庫

角川春樹事務所

本書は書き下ろし作品です。

流行作家は伊達じゃない

目次

「私の歩いてきた道」

「私の歩いてきた道」

第一章　北海道で生まれ育つ

■信号のない町に生まれて

北海道の中央よりやや西、空知《そらち》地方の片隅に、三笠《みかさ》という東と北と南の三方を山に囲まれた小さな炭鉱町がある。その町で私、今野敏は一九五五年(昭和三十年)九月二十七日に生まれた。黒沢明《くろさわあきら》監督のように、生まれた瞬間に取り上げてくれた産婆さんの顔をうぶ湯ごしに見て記憶している、なんていうことはもちろんなく、きわめて平凡な、でも標準よりはちょいと大きめの赤ん坊であったらしい。

三笠の町の位置については、山ひとつへだてた隣町が夕張と言ったほうがわかりやすいかもしれない。こちらも同じような炭鉱町なのだが、三笠よりもうんと大きくて、ずっと有名だった。おそらく今でも、三笠の名は知らなくても、夕張の名前はネガティヴな意味も含めて、全国的にずっと知られていることと思う。三笠にも夕張に負けないくらい美味《おい》しい特産物のメロンがあったり、誰もが知っているだろう「北海盆唄」の発祥の地であったりするのに、と声を大きくしても、こればかりは仕方がない。

ともあれ、三笠がどれだけ小さな町だったかというと、私が幼い頃には町の中に信号機がひとつもなくて、荷馬車がぱかぱかと長閑《のどか》に歩いていたものだった。当然、私らは町とはそういうものだと思っていた。だから、後に岩見沢に引っ越すことになって、そのときに、「岩見沢には信号が一杯あって大変だぞ」と誰かに言われ、妙に怖くなったのを覚えている。今思えば、信号のあることが何で怖かったのかまったくわからないが、つまりはそういう大らかな自然環境で、すくすくのびのび育っていたというわけだ。

当時の今野家は、両親に祖父母、姉、ふたりの妹、そして私という八人家族だった。父親が公立高校の教師だったので、官舎と呼ばれる公務員住宅に住んでいた。高校のそばにグラウンドがあって、その土手をのぼったところに自宅があり、そのまたすぐ裏手に山が迫っているというロケーションだ。そういう中で、今野一家の生活ぶりはごくごく普通だった。何しろ親父《おやじ》が公務員で、それほど突飛なことはまずしないし、年寄りもいたので年中行事をきちんとやるような一家だった。正月になったら餅《もち》をつき、のして切り餅にするだとか、三月や五月の節句には雛《ひな》さまを飾り、鯉《こい》のぼりをあげてくれるような、昔の田舎の平均的な家庭だ。

そんな家庭で育った私はというと、手足がひょろ長く、背だけは高かったものの、おそろしくひ弱で内気で弱虫な子供だった。まず運動がまるで駄目で、特に球技におよそ才能がなかったのが致命的だった。というのは、昭和三十年代当時の男の子にとって運動と言えば、これはもう野球しかなかったからだ。あの頃は町中にいくらでも空き地があって、そこで子供たちは暗くなるまで野球をしていたものだ。そういう環境にあって、野球が下手な子供というのがどれほどみじめでへこむものかおわかりか。バットを握れば空振りで、ボールを投げれば暴投で、グローブをはめても球はうまく入ってくれない。これでは到底仲間には入れてもらえないし、何より自分の気持ちが萎《な》えてしまう。が、そうは思いつつも、一生懸命に球を追いかけていたのだった。

かように運動はもうひとつだった私が、当時一番好きだったのがお絵描きだった。親父が学校でいらなくなった藁半紙《わらばんし》や反故紙《ほごがみ》、余ったテスト用紙などを持って帰ってきてくれて、その裏に絵を描いていたのだ。描くのは漫画の絵ばっかりだった。あの頃はとにかく漫画ばかり読んでいた。友達の家が床屋さんをやっていて、漫画雑誌をほとんどとっていたのだ。そこへ毎日のように遊びに行って漫画を読み漁《あさ》り、それらのヒーローを真似《まね》て描いたのがはじめだったと思う。覚えているのは『少年キング』が創刊されて、キングロボだったか、それに夢中になってロボットの絵を一生懸命描いていたことだ。私のロボット好きは、幼い頃からの筋金入りなのだ。

それでも家には一応、日本文学全集だとか世界文学全集の類《たぐい》は揃《そろ》えてあった。あったけれど、言ってはなんだが、家族の誰ひとり読んでいなかったんじゃないだろうか。私自身もその頃は活字に興味はまったくなかったし、そもそも本に触りもしなかった。親父には悪いが、おそらく、高校教師としての世間体というか見栄《みえ》というか、そんな感覚で揃えたんだろうと今では思う。なにしろ、配本案内のパンフレットがずっと同じ場所に挟まったままでいたのだ。いくら何でもまずいでしょう。

■父親の転勤で初めての転校

小学校三年生のときに、三笠から岩見沢に転居する。親父が転勤になったのだ。子供だから親に付いていくのはしょうがないのだが、転校するのは嫌だった。前述した信号の話もあるけれど、このとき、将来を誓い合ったヒロミちゃんという美容院の娘に恋していて、彼女と別れたくなかったのだ。誓い合ったといっても、私が彼女の顔を見てニコっと笑うと、向こうも輝くばかりの笑顔でウンと頷《うなず》き返してくれる、そんな感じの仲よしでしかなかったのだが、子供心にはそれなりに真剣だった。がしかし、非情な運命はそんなふたりの仲を無情に引き裂き、今野少年は傷心の思いを抱きながら、やむなく大好きな三笠を去っていったのだった。

岩見沢の特徴というと、何だろう。札幌の雪まつりに使う雪は、大方がここから運ばれているらしいのだが、確かに毎冬雪は物凄《ものすご》く積もった思い出がある。ここでの生活はわりと長く、同じ市内でもう一回の引っ越しがあった。

そして、この岩見沢時代に大きな転機が、それもいくつか同時に訪れることになるのだから人生はわからない。

そのひとつめは、これは自伝エッセイ『琉球空手、ばか一代』（集英社文庫）に詳しく書いてある、空手との出会いである。

小学校から中学校に上がる頃だったと思うが、テレビで『グリーン・ホーネット』というアメリカのドラマ番組を放映していた。それを観《み》て、劇中に出てくる空手の達人カトーにいっぺんで参ってしまったのだ。この空手の達人の役を演じていたのがブルース・リーだ。後年『燃えよドラゴン』で一世を風靡《ふうび》し、世界中の男子を熱く滾《たぎ》らせた伝説の人物のテレビデビュー作である。もっとも実際には彼がやっていたのはカンフーといい、空手とは違うものだったのだが、当時はそんなことを知る由もなく、とにかく、「カトーの空手というのはすっげえカッコいい」と思い、自分でもやりたくなったのだ。運動音痴と自認していたこの私がだ。そのぐらいの衝撃と魅力がカトーの空手というか、ブルース・リーの華麗な動きにはあったし、圧倒的な迫力と人を感動させる美しさもあったのだ。

しかし、では実際にどうやったらできるのかというと、これがさっぱりわからない。空手を教える道場など、多分当時はどこにもなかった。ひとりでやるにしても教則本も何もない。そこで、思い悩んだあげくどうしたかというと、こればかりは親父のおかげと言っていいだろうが、自宅にあった平凡社の百科事典を開いてみたのだった。皆様、何かしらのおりに役立つのは文学全集よりも絶対に百科事典だと思います。するとそこには空手の説明と練習方法が書いてあった。その中に巻藁《まきわら》を叩《たた》いて鍛えるという記述とともに巻藁の簡単な作り方も書いてある。曰《いわ》く、板に藁縄を巻いて地中に埋める云々《うんぬん》……と。

喜び勇んで、作ってみることにした。家の裏には木材も藁も、いくらでも転がっていたので、早速スコップで家の脇の土を掘り、手頃な板を埋め込んで藁を巻きつけた。工作が好きだったことも幸いしたのだろう。小学生の頃はプラモデルを作っていたし、『子供の科学』という雑誌の模型作りのコーナーなどを見ながら、バルサ材なんかも結構器用に削っていた。そういう体験は、今もガンプラやフルスクラッチモデル作りの趣味に繋《つな》がっているような気がする。というより、空手にしても趣味にしても、全部子供時代から引きずってきていたものなのだ。

だから巻藁作りも、まったく苦にならなかった。時間はだいぶかかったものの作業自体は楽しかったし、これで自分も空手の達人になれるのだと思うと心が浮き立っていた。道具を揃えれば、すぐにできるようになると思い込んでいたのだ。

やはり子供なのである。まあ、通信販売のエクササイズ・グッズを買うのと似たような感覚だったのであろう。

完成した巻藁を前に、何をしたのだろう。まず一礼したのだと思う。それから、おごそかにおごそかに、拳《こぶし》を痛めることなど恐れもせずに、空手の達人への第一歩となる突きを、思い切り叩き込んだのだった。しかしその感触は――

ぐにゃ。

であった。手加減なしに渾身《こんしん》の力をこめて突いたとはいえ、ひ弱な少年の拳である。それほどの威力があるとはとても思えない。それなのに、巻藁はたったの一撃でぐにゃりと傾いてしまったのだった。なんだこれは。最初の印象はとっても情けないものだった。作るのに半日以上かけたのに、「俺って詰めが甘いなあ」と子供心に思ったものだ。それでもう一回、今度はしっかりと埋め直して、周囲の土を丁寧に踏み固めた。よしこれなら大丈夫と、再び空手の達人への意欲が湧《わ》き上がってきて、えいやっと叩いてみた。

ぐにゃ。

泣きたくなった。というより悔しかった。あまりに悔しいので、板を引っこ抜き、家の壁に立てかけて叩いてみた。すると、こっちのほうが数倍ましだったのも情けなかった。

■岩見沢で迎えたひとつの転機

空手はそんな具合に、ひとりでひそかに始めた。と、本人は思っていたのだが、実は家族にはバレバレだった。家の壁に板を立てかけて何やらドスンドスンとやっていれば、うるさくて何をしているんだろうと気づかないはずがない。

そのほか、中学校に進学すると、親父がやっていた影響もあって、剣道部に入部した。体は大きくなっていても、ひ弱で内気な性格には変わりなく、それを何とか克服したいとでも思ったのか、すんなりと部活動に剣道を選んだような気がする。練習もみっちりとやった。しかし試合になると生来の気弱さが出て、まったく勝てなかった。気後れするのだ。相手の気合に飲まれて、思うように手が伸びない。それでまた練習。この繰り返しが嫌で、何度か挫折《ざせつ》しそうにもなったが、そこでまた気の弱さが出る。練習を休むと先輩に怒られて怖いし、嫌だなあと思いながら真面目《まじめ》に励んでいた。

一方で、あいかわらず漫画は描き続けていた。ところが、中学生になると親父が怒るようになったのだ。さすがにこれ以上放《ほう》っておくと、とんでもないことになると考えたのだろう。親父はそれなりに厳しい人だったが、「あれはするな」「これは駄目だ」と叱《しか》るようなことはなかったし、手を上げられたこともない。そんな父親が、漫画を描いていると怒り始めるようになったのだ。

当時私は、本気で漫画家になりたいと思っていた。というのも、父方の親戚《しんせき》に石ノ森章太郎《いしのもりしょうたろう》（当時は石森章太郎）さんがいたのだ。その影響が凄く大きかったように思う。その頃は、お目にかかったことはなかったが、雑誌で『サイボーグ００９』を連載していたし、親父から石ノ森さんの話を聞くこともあった。とても身近なところにいる有名人だったのだ。むしろ、影響を受けないというほうが難しい。実際に、中学生の頃にはちゃんとコマ割りをして、せりふを考えながら描いていた。絵を描くことも好きだったが、物語、ストーリーを作ることに興味があったのだ。

そういう息子を見て、親父は心配になったのだろう。あるとき、江戸川乱歩《えどがわらんぽ》の『怪人二十面相』を買ってきてくれた。まあ、これでミステリーに目覚めたというのなら、見事に作家を目指すきっかけのパターンなのだろうが、残念ながら、私の場合はまったく裏目に出たのだった。読んでいて全然面白くなかったのだ。ほかの作家の話を聞いていると、子供の頃に二十面相や抄訳の海外ミステリーなどを読んで、その面白さに興奮しまくったというのだが、私に限ってはそういうことは一切なかった。かえって、かなり後々までミステリーは苦手だった。

その後、親父は手塚治虫《てづかおさむ》の上製本や、『巨人の星』の単行本などを買ってくれたりしたのだが、あれは描くのは駄目だけど読むのはいいということだったのか。
それは今でも謎《なぞ》だ。
そうこうするうちに、岩見沢時代の最大の転機が訪れる。

■北杜夫《きたもりお》に憧《あこが》れ、詩を書き始める

中学に入って部活を始めたり、ほかにも何やかやとそれまでとは違うちょっぴり大人の生活がスタートし、新しい友人も次第に出来てくる。同級生のひとりにイトウくんというお医者さんの息子がいて、彼から北杜夫という作家を教えてもらったのである。

入学してから半年ぐらい経《た》った秋口のことだ。最初は『幽霊』だったと思う。しかし、その作品世界は、中学生ではなかなか理解できるはずがない。それでも、自然に抱かれる描写にふと感じる淡い透明な官能美が好きで、そこから、まさにハマってしまったのだった。

いわゆる、「小説家を小説家として意識して読むこと」が初めてだったのだ。それまで小説は読まされるものにすぎなかった。夏目漱石《なつめそうせき》だとか森鷗外《もりおうがい》だとか、教科書や文学全集に入っているような偉い作家の小説だ。ところが北杜夫は違った。自分で書店に行って、本を選んで買う初めての作家になったのである。

彼の何が気に入ったのかというと、まずはやっぱり《マンボウ》シリーズだった。独特のユーモア感覚が面白くって読みふけった。それと全体に漂う上品さ。松本時代の話だとか青春記などには、特に魅了されたものだった。文章はどこまでもきれいだし、清々《すがすが》しいし、山歩きの場面などはいかにも青春という感じで、憧れた。

こうした北杜夫への傾倒と憧憬《しょうけい》、それと彼を教えてくれたイトウくんのお父さん——この人が北海道ではわりと知られた詩人だった——このふたりの影響でなぜか私も詩を書くようになったのだった。

中学生が北杜夫を読んで詩を書くようになる。こんな風に言ってしまうと思いっ切り照れくさくなるけれども、事実なのだから仕方がない。これはその後もずっと続き、大学を卒業してしばらく経つまで日課となっていた。

一日に一篇《いっぺん》。毎日必ず書くのだ。こうなるともう、日記代わりと言っていいかもしれない。内容はさまざまで、長さもばらばら。ただし、十分か二十分の短い時間で一気に仕上げて、あとで書き直さない。言葉を直さず、消したりもしない、吹き出しもつけない、といった条件を自分に課していた。

今となってみれば、結果的にこの詩を書くという日課が、物凄いトレーニングになっている。まず毎日書き続けるというのは、物書きにとっては基本中の基本だ。これは文章だけのことではなくて、空手にしてもまったく同じだ。継続することが、やがて力になる。知識や技術の向上というよりも、続けるという行為そのものが、何らかのトレーニングになるのだ。

文章を書き直さないことも大切な要素だった。文章を書く上での覚悟となった。文章というのは、瞬間的に頭の中でどういった言葉を使うかを、猛烈な速度と勢いで選んでいるものだ。こういうときの表現にはどんな言葉が相応《ふさわ》しいかだとか、あるいはここでこの言葉を使ったから、こちらでは別な言い方をしてみようだとか、そうして頭に浮かんだ言葉を並べて組み立てていく。即興性と言ってもいい。もちろん語彙《ごい》が豊富であればあるほどいい。でも最初から全部がうまくできるわけはない。徐々に慣れていけばいいのだ。また、とにかく短い時間で終わらせることが目的だったので、これは早書きの訓練になった。同時に、言葉を直さないことにより、それだけ自分の文章に対してシビアに向き合うようになった。

これらのことは、当時承知していたわけではなく、後に作家となり、ノベルスを量産するようになってから初めて本当に理解できるのだったが、憧れと思いつきで始めた詩を書く日課は、体の芯《しん》から役立つ実践的トレーニングだったと思う。今でも、ゲラを直すことがほとんどないのは、長年に渡って培われた習性かもしれない。

毎日一篇、詩を書き綴《つづ》ったノートは、今でも大事にとってある。仕事場の原稿を書いている机のそばの本棚に、三十冊ぐらいだろうか、いつでも見えるようにちゃんと置いてある。さすがに手に取って読み返すことはもうないが、初心忘るべからずの戒めにしているのだ。ここから私の文学的スタートが切られたのだという思いが、あるのかもしれない。

■ラ・サール高校に入学、寮生活に親しむ

中学三年生のときに、またしても引っ越すことになる。今度は道南・檜山《ひやま》地方の江差《えさし》という町だった。かつては鰊《にしん》御殿が建つほどに栄えていたらしいが、当時はもうすっかりと斜陽の町と化していた。

引っ越しはいつでも嫌なものだった。岩見沢でも好きな女の子がいたのだ。転校のたびに傷心の別れがあるというのは、泣けてくる話で、子供心にも胸に迫ってくるものがあり、中三になってからの転校というのは、やはりちょっとしんど

いものがあった。そろそろ、先のこと、高校受験のことを考え始める年齢でもあり、江差という岩見沢より小さな町に移って、そこの学校はどんな具合なんだろうなどと不安を感じたものだ。

でも、結論から言うと、私にとってはこの引っ越しが正解だった。あのまま岩見沢に残っていたら、ラ・サールには行かなかっただろう。

これは少々逆説的な意味合いになるかと思うが、転校生というのはどんな場合でも注目を集める存在だ。こわもてを気取る連中から、ちょっかいを出されることもある。ましてや中学三年生のときの転校なので、こちらにも若干の意地と見栄があった。だから、その一年間はめちゃくちゃ勉強したのだ。

江差の中学には剣道部がなかったので、部活はそこでお終《しま》いにした。あとはひたすら勉強に励んだのだ。すると、生徒数も規模もさほど大きい学校ではないので、すぐにクラスで一番だ、学年で二番だ、という形となって表れる。そうなると、今度はもうそこから落ちたくなくなって、また勉強。こういう心境になったのは江差に転校したおかげだった。いや、我ながら、このときは本当に頑張った。我が家の廊下から、学年で一、二位を争ったモリタというライバルの部屋が見えたのだが、夜になると、その方角を眺めては、「あ、まだ電気点《つ》いてやがる。なら俺ももう少し」と、机に向かったのを覚えている。

江差には一年しかいなかったのだったが、奇妙に濃密な時間を過ごした。勉強のことはともかく、遊びにしても、海へ泳ぎに行ったのは、ここが初めてだった。それまでは山に囲まれた町や、空知平野のただなかでの生活だったので、海という文化があるのを、江差に来て初めて知ったのだ。

高校を函館《はこだて》ラ・サールにしようと思ったのは、ごく自然な成り行きだった。郡部から市部の高校に進学する生徒は多かったし、私の場合は、先のような理由で成績も良かったので、どうせだったら受けてみようかと、そんな認識で選んだのだ。ただし、今振り返ると恐ろしいことに、当時の私はなぜだか勘違いをしていて、自分のことを理数系の人間だと思い込んでいた。どうしてそんなふうになったのかは思い出せないのだが、札幌の高校の理数科にも願書を出し、受験の準備をしていたのだ。結局は、私立高校の入学試験のほうが日程が早かったので、ラ・サールに合格した時点で、札幌の高校は受けなかった。多分、それで良かったのだと思う。

ともかくも頑張ったおかげで、一九七一年、函館ラ・サール高校に入学。学校の寮生活が始まる。

ラ・サールは全校生徒の七、八割方が函館以外の土地から来ているので、生徒は下宿か学校の敷地内にある寮に入ることになる。通称タコ部屋。一年生は大人数の大部屋で、アメリカの軍隊映画に出てくる、新兵が入隊してすぐに押し込められる、体育館のようなところにずらりと二段ベッドが並んでいるという、まさにあれを思い浮かべてくれればいい。私らのときは一学年六クラス、二百五十人くらいの生徒のうち、三分の二が寮生だった。もっとも、二年生になれば四人部屋に移れる。さらに三年生は二人部屋になるので、それまでの辛抱なのだが、実を言うと私は一年間しか寮生活を体験しなかった。二年生になるときに、父親がまたもや転勤で函館に赴任し、それからは自宅通学となったのだ。

ところが、この一年間の寮生活が、心底楽しかったのだ。親元を離れるのが初めてなら、集団生活も初めてなのだ。毎日が修学旅行気分とはいかないけれど、とにかく、わくわくしっ放しだった。プライバシーなど、ありはしなかったが、仲間と一緒にいること自体が楽しかった。勉強するやつは自習室という広い教室のような部屋に行けば、各自の机と本棚があるからそこで勉強すればいい。部活するやつは部室へ行くし、友達と話をしたいやつは寮の娯楽室などでゆっくりする。

学園生活は、すべてにおいて自由な雰囲気で満ちていた。制服もない。寮は校舎と渡り廊下のような連絡通路で繋がっているので、あるとき、遅刻ぎりぎりになってパジャマのまま教室に飛び込んできて叱られたやつがいた。いくら自由でも、さすがにやりすぎだったのだろう。

正直に言うと、高校生活三年間の中で、授業のことはあまりよく覚えていない。記憶にあるのは寮のことばかりで、今でも仲のいい友達はこのときの寮の仲間だ。

■寮仲間にジャズの薫陶を受ける

ラ・サールの生徒は優秀な人間が多いと言われるのだが、確かにそうだったかもしれない。頭のいいやつは随分いた。しかし同時に、ヘンなやつ、面白いやつも大勢いたのだ。私の周りには特に音楽好き、それもジャズの好きなやつが妙に多かった。

札幌から来ていた小林裕《こばやしゆたか》は、ラ・サールから日大藝術学部に行き、後にバークリー音楽大に行って、プロのジャズ・ピアニストになったし、元岡泉《もとおかいずみ》はジャズ・ピアニスト元岡一英《かずひで》さんの弟で、とにかく知識が豊富だった。私はこのふたりからジャズを教えてもらい、ある意味では、その後の人生を決定づけられたのかもしれなかった。

それまで私はジャズどころか、音楽そのものもあまり聴いてはいなかった。ビートルズでさえ、さして興味がなかったくらいだ。唯一の例外は中学生のときにピンキーとキラーズが好きになって、このあたりから私のアイドル好きが始まった……というのはまた別の話になる。

学校にはレコード室という小部屋があって、そこでは生徒が持ってくるレコードを自由にかけていいことになっていた。そこで小林と元岡が大量に持ち込んできたジャズのレコードをかけ、あとはえんえんとジャズ談義が始まるのだった。何せやがて本物のプロになる連中である。やたらと詳しいし、専門的だし、説明は上手だしで、こちらは話を聞いているだけでも、盛り上がること盛り上がること。ジョン・コルトレーンだの、ハービー・ハンコックだの、オスカー・ピーターソンだのを聴きまくり、市民会館で演奏するジャズのコンサートには必ず行ったりして、必然的に私も好きになっていったのである。

ただし、あるとき南沙織が現れて、ちょいと心変わりをした。デビュー曲の「十七歳」だ。みんなで、彼女の歌を一日に何十回もかけまくり、このときばかりはいい加減にしてくれと言われたものだった。ジャズよりアイドルが勝った一瞬だった。

学校生活では、部活動も忙しかった。どういうわけか茶道部に入って、裏千家のお茶をやっていたのだ。なんでまた茶道部だったのかというと、よく覚えていないのだが、寮の仲間三人と入部したので、誰かに誘われたのかもしれない。練習場所が学校から修道院へ行く途中の和室で、最初に見学に行ったとき、そこの畳が気に入ってしまったのもある。寮に入って畳とは縁のない生活を始めたところである。その和室の畳に触れたら、妙に落ち着いてしまい、「いいなこれ」と思ったのだ。

茶道に関しては、もともとお茶というのは侍のたしなみであり、男がやるものであると知っていたので、違和感はなかった。実際に、茶道部の顧問にマルセル・

プティさんという修道士の先生がいたのだが、この人の所作がきれいで、しかも修道士のあの服装でお茶を点《た》てている姿が見事にさまになっていた。そんな妙に不思議な空間が心地よかったし、楽しかった。私にしても、卒業する頃には自分で茶室の準備をして、掛け軸や茶器などの取り合わせを考えられるようになっていた。

それからしばらくして、演劇部にも入部する。こちらは、はっきりと仲間に誘われて入部したことを覚えている。後に劇団四季の演出部に入った同級生だ。部員が二、三人しかいないので入ってくれないかと頼まれたのだった。思えば、中学を卒業する頃は北杜夫の影響でワンゲル部に入りたいと考えていたはずなのだが、あれはいつのまに忘れたのだろう。高校生になってから、一度もそんなことを思わなかった。

演劇部では脚本を書かせてくれと頼んだ。しかし何せ人数が足りず、役者もやってくれなきゃ困るというので両方やることになる。これが、やってみると役者もそれほど悪いものではなく、気持ちよく演じていたように思う。脚本は結局小難しい話を一本書いたにすぎなかったが、書くということには興味があった。詩はもちろん続けていたし、ほかにも実はいろいろと書いていたみたいなのだ。自分で「みたい」というのもおかしな話だが、本人はすっかり忘れていて、ときどき家の中を片づけていると出てくるのだ。

お化けが。

■何かが道をやってきた

詩を書いていたノートとは別の古びたノートで、何だろうと開いてみると、小説が書いてある。とても世に出せるものではないが、まさしく正真正銘の未発表作品だ。どうやら中学生のときから書いていたようで、その当時のノートは一冊が短篇集になっていた。まったく毛色の異なる作品が四本あって、ひとつはＳＦ、ひとつは純文学、ひとつはポリティカル・フィクション風のものという具合に一応体裁は整っている。ところが、いつ頃どうやって書いたのかとなると、これが正確には思い出せない。

しかし人間というのは不思議なもので、本人は忘れていても、意欲や志は必ず心のどこかにある。やむにやまれぬ衝動というようなものが。何かを書きたくてしょうがないという萌芽《ほうが》のようなものが。私自身、子供心に漫画家になりたくて、漫画を描くと怒られるようになり、絵を描くことは諦《あきら》めたけれども、物語を作りたいという思いはずっとくすぶっていたのだった。だから演劇部に誘われたときも、ストーリーを書けるのは魅力だった。でも、そちらの才能はなかったようだが……。

あの当時は、教室で授業を受けて、部活で茶道と演劇をやり、レコード室でジャズを聴き、夜は仲間とおしゃべりをして……と、ほとんど学校と寮の中だけで生活していた。これぞまさしく学校生活で、外出はあまりしなかった。なにしろ寮にいると外に出る必要がないのである。現在のようにゲームセンターがあるわけではないし、ファミリーレストランやコンビニエンスストアやレンタルビデオの時代でもなかった。

私は三年間も函館にいながら、街なかのことはろくに知らないのである。函館山のふもとのほうとか、特に西側の地区には土地勘がまるでない。二年生になって自宅から通うようになっても、市電に乗って家と学校を往復するだけで、あとはおそらく寮の仲間のもとへ遊びに行っていたと思う。それまで一年間、ほぼ二十四時間毎日一緒に過ごしていた連中と授業で会えば、放課後になって行動を共にしないはずがないのだ。

そんな具合に、あれこれと忙しかったのだが、その頃、本はかなり読むようになっていた。北杜夫にのめり込んでいたので、勢いあまって遠藤《えんどう》周作《しゅうさく》にも手を出した。感想は言わずにおこう。それよりもSFが好きだった。中学生のときは《レンズマン》シリーズを読んでいたし、高校生になって定番の星新一《ほししんいち》、筒井康隆《つついやすたか》ときてレイ・ブラッドベリなども読んでいた。何かが道をやってきていたのだろう。

そんなふうに考えていくと、高校時代の思い出は、まず寮生活があって、というかそれしかなくて、部活もそれなりに夢中でやっていたが、やはり中心にあったのは友人との会話とジャズだったろう。

大袈裟《おおげさ》に言えば、文化の香りに目覚めたのである。文化って楽しいものなんだ、人を喜ばせるものなんだと悟ったのだ。

それを教えてくれたのが仲間たちで、ことに小林や元岡がいなかったら、私は現在のような小説家にはなっていなかった。これは、はっきりと後になってわかることであり、作家となるきっかけも彼らが創《つく》り出してくれたようなものだった。

ちなみにこの時期、女っ気はまったくなかった。

第二章　上智大学時代の思い出

■憧《あこが》れのキャンパス・ライフを迎える

高校一年間の寮生活で、成績はどんどん下がっていた。当たり前だ。勉強なんかはそっちのけで遊び、楽しんでいたのだから仕方がない。それでも自宅から通うようになった後、少しは持ち直したと思うが、大学受験は結局失敗して一年間浪人することになる。

実は一校だけ、京都外国語大学には合格していたのだが、第一志望が上智大学だったもので、考えたすえ、こちらは見合わせることにした。どうしても上智に行きたかったのだ。なぜかというと、上智にはアグネス・チャンがいたのである。京都外大がアイドルに負けた一瞬だった。

予備校は北海道ではなく、東京の代々木《よよぎ》ゼミナールへ行くことにした。親父の教え子がここの事務方にいたのと、どうせ東京に行くのなら早いとこ慣れておいたほうがいいだろうと送り出してくれたのだ。千葉の市川《いちかわ》に親戚《しんせき》が住んでおり、その近くに下宿が決まって入居することになった。そこから予備校までおよそ小一時間、毎朝六時に起きて通う日々が始まったのである。

早くに登校するのは、そうしないと教室の前のほうの席が埋まってしまうためで、高校時代とは違い、きわめて真面目《まじめ》な生活になっていた。そうすると、やはり天の神様は見ていてくれるものらしい。あるきっかけで、横須賀《よこすか》から通っているミヤコちゃんという女の子と知り合いになり、彼女のために席を取っておくようになったのだ。以後一年間、ふたりは隣同士の席に座って授業を受けるのだが、ふたりの間に怪しいことは何もなかった。これも青春のヒトコマである。

予備校では私立文系コースを選択したのだが、そこは男子校で三年間を過ごした私にとっては、まばゆいばかりの光景であった。クラスの半分以上が女の子で、その華やかさといったら冗談ではなく鼻血が出そうなくらいだった。このワンクッションがなければ、私は上智大学に入ってから発狂していたかもしれない。

上智もまた、めちゃくちゃ女子学生が多いことで有名だったので、代ゼミがある種の免疫となってくれたわけである。

予備校と下宿の往復、基本的にはこの生活の繰り返しだった。家が裕福なわけではなかったので、絶対に二浪はできなかった。同じ下宿の大学生からは盛んに感心されたが、ひたすら真面目な予備校生であった。ただ、夏に北海道へ帰ったときに寮の仲間たちの近況を知り、帰京すると住所を頼りに遊びに行ったのをきっかけに、若干の変化はあった。その後は週末になると一升瓶を抱えて友人の下宿を訪れ、日曜日に帰ってくるという生活が加わった。贅沢《ぜいたく》も一切しなかった。プレイヤーを買って、ジャズのレコードを聴くぐらいのことはしたが、その程度なら許されるだろう。

二年目の受験は、もちろん上智が第一志望だ。ただしこのときは文学部英文科から新聞学科に変更した。浪人のときに募集要項をじっくりと読み直していたら、この学科があることに気づき、こちらのほうが面白そうだと思ったのだ。

さすがに一年間しっかり勉強した成果は現れた。今度はめでたく合格し、念願だったキャンパス・ライフを迎えることができたのだった。しかしこのとき、憧れのアグネス・チャンはすでにトロント大学に旅立っていたのだった。

一九七五年、上智大学文学部新聞学科に入学。予備校で一緒に授業を受けていたミヤコちゃんも無事早稲田大学に合格したとあとで聞いた。

おそらく多くの方々も経験しておられるだろうが、それまでの受験勉強という暗い重しに抑え込まれていた若者の欲求が一気に弾《はじ》け、身も心も解放感に浸る時がようやく来たのだ。ましてや私が入学したのは、学生の半分が女性という上智大学だ。入学した四月には大学の周辺は見事な桜が咲き誇り、キャンパスには髪形からファッションから、派手というのか華やかというのか、めくるめくような女性たちがひしめいていたのであった。北海道出身の純朴な青年の心が浮き立ってくるのも仕方なかろう。だからというわけではないのだが、入学してからしばらくはどこか落ち着かない日々を送っていたような気がする。

もちろん授業にはきちんと出ていたし、サークル活動も新入生歓迎行事フレッシュマンウィークに野点《のだて》を催していた茶道部を見つけ、高校時代と同じ裏千家ということもあってすぐに入部した。男子校とは違って楽しいこともあるかもしれないといった、よこしまな考えはもちろんあったが、現実にはそんなことはなく、それでも二年になった頃には幹部にのし上がっていた。誰よりもお点前《てまえ》が上手《うま》かったのだ。

大学に入って最初の強烈な思い出と言えば、やはり失恋だったろうか。五月か六月だった。まだ心が浮き立っている頃だ。クラスの女の子で、前橋《まえばし》から出て来ていたケイコちゃんに淡い恋心を抱いて、あっけなく玉砕してしまったのだ。

はるか後年、二〇一一年に行われた同窓会で彼女に会ったとき、

「お前、俺のことふっただろう」

と言うと、

「えーっ、そんなことあるわけないわよお。押しが足りなかったんじゃないのお」

とあっさり言われてそれまでである。まあ、いずれにせよ五十歳も半ばを過ぎたオッサンとオバサンの会話ではないな。

■バイトに追われる日々

しかし、この失恋がきっかけで本格的に空手を始めることになるのだから、何が幸いするかわからない。いや、正確に言うと空手はずっとやりたかったのだ。

事実、入学時に空手部の様子を見に行ってもいた。すると体育会の空手部には部員が三人しかおらず、流派もばらばら、ちゃんとした指導者もいないのだという。これでは満足に練習もできないだろうし、駄目だと判断したのだった。その後しばらくして、偶然に今度は空手同好会を見つけた。こちらは本土空手四大流派のひとつ「糸東《しとう》流」で、師範も教えにきてくれるという。入会するならこっちだなと、そのとき心は動いたのだが、この時点では新たなキャンパスライフにウキウキしっ放しだったのだ。人は低きに流れるとはよく言ったものだ。享楽的なものを求める心に負け、私は一度は同好会に背を向けたのだった。だが、その報いは当然やってくる。

ケイコちゃんからの手ひどい拒否により、私は傷心の思いを抱いてキャンパスをさまよい歩くことになる。そこで再び空手同好会の存在を思い出したのである。私は失恋の痛手を体を痛めつけることで癒そうと、入会を決めたのだった。

会員は、当初法学部の二年生五人しかいなかった。やがて私のあとにふたりほど一年生が入会し、八人でのサークル活動が始まる。練習時間は土日を除く毎日、午前の授業と午後の授業の合間にある昼休みの二時間。茶道部の活動が土曜日だけだったので、これは実に都合がよかった。

これ以降、授業とサークル活動、それにアルバイトで明け暮れる生活が続いていくことになる。

本当に自分でも感心してしまうのだが、根が真面目なのである。何か事を始めるとそれに一生懸命になって、途中でやめられない。だから大学でも空手同好会と茶道部の活動は熱心にやっていたし、もちろん授業にも全部出席した。ただしこれは真面目だったからというよりも、好きで入った学科であり講義も面白かったので積極的に出席していたというのが正しい。おかげで学科の成績はほとんどAをとっていたし、最終学年時には大学院に行けと言われたほどだった。

もとより、さほど裕福ではない親からの仕送りで生活している身としては、学校の授業に出るのは当たり前のことでもあったのだ。浪人までさせてもらって、大学に入ったら遊び呆《ほう》けていたというのでは何のための受験であったかわかりやしない。それに、続けるという行為自体が何らかのトレーニングになっている。そんな風にも思っていた。

とはいえ、さすがにそれだけでは生活が苦しくなる。そこで夏休みが終わったあとぐらいからアルバイトを始めたのである。マーケティングリサーチの会社で、これもまた自分でも驚くのだが、以後四年生になるまで同じところでバイトをすることになるのだった。いいことか悪いことかはともかく、このバイトがとにかく忙しかった。

朝の十時から夕方の六時までびっしりで、授業のときだけ原宿《はらじゅく》の事務所から四谷《よつや》の大学に行き、終わるとまた大学から事務所に戻るという生活だ。それでも最初の頃はまだましで、調査して上がってきた原票をまとめる単純な集計作業だったので、楽なほうだった。それが次第に色々なことをやらされるようになり、新聞の縮刷版をめくって記事を抜き出したり、しまいには雑誌の原稿まで書かされることになる。

たとえば、「今流行しているものを三十個ほど挙げろ」とテーマを言われると、まず新聞や週刊誌、月刊誌などをとにかく集めて机にどんと積み上げ、これと思う記事の箇所に付箋《ふせん》をつけていき、次々とピックアップするのだ。この種の仕事は早さが勝負というところがあって、そんなにのんびりとはしていられない。てきぱきした仕事ぶりが求められるのだった。こういった作業は、目的に向かってどこを探せばいいかなどの嗅覚《きゅうかく》を養う訓練に繫《つな》がったとは思うが、勘が良かったのかどうなのか、私はもともとそういう才能には恵まれていたのかもしれない。それほど苦労した記憶がないのだ。

そのうち、広告系のとある有名雑誌のレギュラーページを担当させられることになった。これはフォーマットがきちんと決まっていて、それに沿って書けばいいのだが、おかしかったのは、就職活動をしている学生が、その私の記事を必死に読んでいる姿を見たときだった。あの、それを書いているのは同じ学生の私なんですけど、と思わず告白してしまいたくなったのは言うまでもない。

ほかにも、レイアウト通りに字数ぴったりで原稿を書くこととか、このアルバイトは技術面でも精神面でも今の仕事のトレーニングになったのは間違いないし、それ以上に我が心の糧になっていると思う。社長以下、スタッフの方々の温かい対応が今の私に繫がっていると信じているからだ。

■ジャズの衝撃と小説への衝動

大学に入学して最初の夏までに、いくつかの思い出深い出来事を経験した。失恋もそうだし、空手では夏合宿の度外れた練習のきつさと、理不尽な師範の仕打ちも忘れられない。あまりに激しい運動の後では、食事が喉《のど》を通らなくなることも初めて経験した。『巨人の星』に描かれていたエピソードは、嘘《うそ》ではなかったのだ。その結果、合宿から帰ってくると、下宿のおばちゃんが私の姿を見て、「どうしたの！　病気なの」と驚いた顔で聞いてきたぐらいだった。それほどやつれた表情をしていたのだろうし、両腕の前腕部は紫色に腫《は》れ上がっていたのだ。

だが、それより何より最も衝撃的だった出来事は、元岡泉に新宿ピットインに連れて行ってもらったことだ。中でも二代目山下トリオ、山下洋輔《やましたようすけ》・坂田明《さかたあきら》・森山威男《もりやまたけお》の演奏を聴いたときは、心底打ちのめされた。「俺は何て凄《すご》いものを見てしまったんだろう」呆然《ぼうぜん》としながら思った。特にドラムの森山さんにはころっといかされたのだった。

とにかくもう、あれは衝撃以外の何物でもなかった。最初、ステージに坊主頭の男が三人出てきて、人相も悪いし、何だこいつらと思っていたのだが、いきなり音の洪水が襲ってきた後は、声もなかった。

まず、普通のメロディではないのだ。だけどめちゃめちゃカッコいい。演奏も好き勝手なことをやっているようだが、目の前でその現場を見ていると、彼らのやっていることがわかるのだ。今、山下さんと森山さんがお互いに牽制《けんせい》し合っているのだとか、これからフリーに突入していくのだとかが、視覚でも聴覚でも、感覚でびんびんと伝わってくるのだった。

耳が痛いくらいの大音響、それでもひとつひとつの音が実にきれいだ。山下さんのピアノ、森山さんのドラム。当然のことながら、みんなきれいにチューニングされている。これはとんでもない演奏を聴いてしまった。そう確信した。その後一週間ぐらいは、頭の中にこのときの音がずっと流れていた。

これをきっかけにピットインや西荻窪《にしおぎくぼ》のアケタの店など、ライブハウスに入り浸るようになり、生の音を聴く耳を養っていった。

ところが、その年の暮れだったと思うが、トリオから森山さんが抜けると知った。これはいかんと思った。私ごときがいかんと思ってもどうしようもないのだが、ショックであり、無念であり、何より悔しかった。こんなに凄い人がどうしていなくなってしまうのだ。そんな悔しさが胸の内で高じてきたとき、ふと、そうかこの気持ちを小説にすればいいんだ、と感じた。

あまりにも唐突すぎる、と思われるかもしれない。冷静に考えれば自分でもそうだろうなと頷《うなず》ける。しかし、そのときはごく自然に小説への衝動が湧《わ》き上がってきたのだった。これを書かなければどうする。小説とはこういうときの感情を表現する媒体ではないのか、といった思いが渦巻いていたのだった。

前に物語を生み出すことへの欲求、何かを書きたいと願う心の萌芽《ほうが》といったようなことを述べた。私の内では、漫画や詩や脚本や、そしてもちろん小説も含めて、そうした創作への欲求がどうやら子供の頃から芽吹いており、ずっとくすぶっていたのだろう。それがこの瞬間、書くべきテーマ、書かなければいけないテーマが見つかって、いちどきに吹き出してきたのである。

そんな思いを叩《たた》きつけるようにぶつけて書いた小説が、私のデビュー作「怪物が街にやってくる」となったのだが、実は最初に書いたときは現在のような形ではなかった。森山さんを彷彿《ほうふつ》させる人物のトリオ演奏を中心に描いた三十枚ほどの小品で、これにあとから書いた別の作品をくっつけて、今の形にしたのである。結局、最終的な完成形が出来上がったのは、大学三年生になってからだ。どうしてそんなことになったかというと、これには書いてみて初めてわかる事情と感覚の問題があった。

簡単に言うと、まず最初は森山さんがいなくなったことを伝えたくて、その悔しさを小説にしようと素直に思った。とここまではいいだろう。しかし実際に始めてみると、普通に、まっとうに、「このジャズドラマーは凄い人なんだよ」とは書けなくなってしまったのだ。これはものを書く上でのサービス精神や創作理念の根本にも繋がるのだろうが、せっかく小説にするんだからどこかで読む人を喜ばせなくてはいけないと思い始めたのだ。当時「読者」など誰ひとりとしていやしないにもかかわらず、すでに漠然と想定していたのだった。

衝動にまかせて書くことと、面白く読ませるように書くこととは微妙に違う。では面白く読んでもらうにはどうすればいいか、素人なりに徹底的に考えたのだ。たとえば小説はプロット、キャラクター、エピソードで成り立っていると言われる。この場合、キャクラターは抜群だ。いや、もちろん描きようによるのだが、素材は言うことなしである。プロットはある意味で設計図だが、これは単純なものだったので、難しく考える必要はなかった。残るのはエピソードである。そのとき、ここでジャズと空手が結びつくのが私の才能——と言ってはおしまいなのだが、この取り合わせに気づいた刹那《せつな》、ひそかにしめたと思った。

私の中ではごくごく自然に浮かんできたことなのだが、自分だけの独自の色が出せると考えたのだ。このとき、確か空手は茶帯だった。

■新人賞へ応募、そして受賞

デビュー作には、その作家のすべてが詰まっているとよく言われるのだが、自分ではそんなことはあまり考えてはいない。けれども、確かにこの作品には私がそれまで過ごした街の思い出や、衝撃を受けた出来事、興味を持っていることなど、あらゆるものが詰まっている。書いていて、必然的にそうなってしまったのだった。これを書いている間、寮の連中、ピットインに連れて行ってくれた友人、空手同好会の仲間たちの顔、そしてあのとき聴いた衝撃の音などが、ずっと私の頭の中によぎっていた。

作品を仕上げた後、そんな友人のひとりに読んでもらった。面白いと言ってくれた。その一言がどれほど嬉《うれ》しかったことだろうか。そう、誰かが面白がってくれることが、私の何よりの願いだったのだ。するとさらに、どこかの新人賞に応募すればいいとも言う。当初そんな気持ちはまったくなかったが、言われてみると、そうかその手もあるかと思った。そこで、公募の賞を掲載している雑誌を買ってきて調べてみると、筒井康隆さんが選考委員をやっている賞がひとつあったのだ。

初めてまともに書いた小説を筒井さんに読んでもらいたい。そう思うと背筋がぞくぞくした。この誘惑は何物にもまさって代えがたかった。賞だ何だという話は、その瞬間に私の頭からは飛んでいたのだった。もしかしたら、あの筒井さんが私の小説を読んでくれるかもしれない。そのことだけがクローズアップされて、一も二もなく応募したのだ。

第四回「問題小説」新人賞という賞だった。

自信なんかはもとよりあるはずもない。というより、小説の応募などしたことがなかった。自分の実力がどの程度のレベルなのか、それすらもわからない状態だったのだ。ただ、友人が面白いと言ってくれた言葉を、私は信じていた。

数カ月後、いい加減に忘れた頃に、「最終選考に残りました」という連絡があった。そして、ここから徐々に日常が変わり始めていく。ひょっとしたら、というスケベ心が芽生え始めたのだ。誰もが経験できることではないだろうが、こうした生殺しのごとき状況というのは、それはもう曰く言い難い。最終選考会のある五月には四年生になっているし、そのさらに先の就職のことも考えなくてはならない時期に入っていた。俺はいったいどうなるんだろうと、落ち着かない日々が過ぎていった。

そして、運命の日がやってくる。

あらかじめ、「その日は下宿にいて下さい」、と言われていた。予備校時代と同じ市川の下宿である。当日はどうやって待っていたのだろうか。昼間は学校の授業に出ていたとは思えない。かりに出ていたとしても、どうせ上の空で、何も頭に入らなかったに違いない。かといって、誰か友人と一緒にいたわけでもなかった。おそらく、朝からそわそわとしながらレコードを聴いたり、本を読んだりして時間を潰《つぶ》していたのだと思う。

そんな具合にひとりで自分の部屋にいて連絡を待っていると、暗くなってから大家さんのところに電話があった。あわてて駆けていき、外から窓越しに電話をとると、徳間書店の編集部の方が、やけに暗い口調で、

「厳正な審査をいたしました結果……」

と言い始める。ああ、これは落ちたなと一瞬思った。次の言葉は、「残念ですが」だろうと覚悟した。すると、

「あなたの作品が選ばれました」

という声が聞こえたのだ。その瞬間、何を思ったかというと、「あ、俺今からどうすればいいんだろう」だった。お礼を言ってすぐに電話を切っていいものかどうか、そんなこともわからずにおろおろしていたのを覚えている。が、電話を

切った途端、猛烈な勢いで喜びが込み上げてきた。そばで聞いていた大家のおばちゃんに受賞の報《しら》せがあったことを伝え、それから電話を借りてバイト先の好きだった女の子にも知らせたと思う。あの頃の私だったらやりかねない。人間、興奮するとどんな行動をとるか、本当にわからないものだ。

その後、しばらくは狂乱の日々だった。元岡をはじめ高校時代からの仲間、大学の友人、バイト先の事務所の人たちもお祝いをしてくれた。ただし、親父だけは、一応喜んではくれたものの、「まぐれだろうから、あまりいい気になるな」と、昂《たかぶ》った私の気持ちを、親らしく冷静にたしなめてくれたものだ。有り難いことです。

第三章　東芝ＥＭＩ時代の思い出

■作家への第一歩と就職活動

初めて書いたまともな小説、「怪物が街にやってくる」で第四回「問題小説」新人賞を受賞し、何が一番変わったかというと、これはもう間違いなく本人の意識だ。

受賞の報《しら》せを聞いたときから、自分はもう〝作家〟だと思った……というよりも、作家になるんだと決めたのだ。それまでの創作に対する気持ち、何かを表現したいとくすぶっていた思いなどが、受賞したことによって一気に方向性がクリアになったのだ。「作家以外にないだろう。天職なんだ」と率直に考えた。つまりは、「ほかのことはやりたくない」とまで決意したのであった。

とはいえ、私だって一応は常識人だ。ぽっと出の新人が、それも超メジャーな賞をもらったわけでもない新人が、いきなり、あれよあれよという間に売れるなんて夢物語は、万が一にも考えていない。実際、そのあたりの事情は、出版社の方からも直接言われることになる。

後日、受賞式が行われるというので、新橋にあった徳間書店に出向いた。式といっても、会議室みたいな場所でこぢんまりと催され、選考委員の方々も来ていない。だから、ついに筒井先生とは会えずじまいであった。出席していたのは徳間書店の編集者が六、七人と役員。当時の社長もおられたかもしれない。その席にジーンズとカッターシャツで臨んだ私が、将来は立派な作家になりたいとか何とか、緊張気味に抱負を述べたのだった。

そうしたら、そこで徳間書店の方から、たいへん現実的な言葉をいただいたのである。

「ウチの新人賞じゃ食っていけないんで、どっか就職なさったほうがいいですよ」

ああそうか、と思った。そういうものなんだと。出版の世界のことなど知る由もなかったが、世の中の道理として、そういうことがあるのだと直感的に理解した。それで、以後は就職活動まっしぐらに励んだのだった。だが、就職はするけれど、三年ぐらいで辞めようと心に決めた。それまでに素地を固めて、あとは作家として生きていく。そんな風に腹を括《くく》った。

受賞式のあと、近くの飲み屋に連れて行かれると、そこに選考委員のひとりだった菊村到《きくむらいたる》さんが来てくれたのを覚えている。私が会った、初めての大物有名作家である。そんな方から激励の言葉をいただいて、本当に嬉《うれ》しかった。人の長所を伸ばすのにはいろいろとやり方はあるのだろうが、褒めてもらって、「頑張れよ」と言われ、たったそれだけのことで、物凄《ものすご》くやる気が出てきた。それに筒井さんの選評、これには感激した。一生の宝物だと今でも思っている。あとになって、デビュー作を含む短篇集《たんぺんしゅう》が出版されることになったとき、筒井さんの選評を帯や表紙のカバーに使わせてもらえないかとお願いすると、「遠慮なく使ってくれ」と丁寧な返事のハガキをいただいた。そのハガキは、写真立てに入れて、今でも仕事場に大事に飾ってある。

新人賞の正賞はデジタルの目覚まし時計だった。副賞が三十万円。申し訳ないけれど、時計のほうはすぐに壊れてしまって、もうとんと顔を見ることもなくなっている。三十万円は貯金し、生活費として使わせてもらった。学生だったし、金が無かったからだが、こんなところは私の性格が滲《にじ》み出ているのかもしれない。

受賞後の生活は、いきなり激変するというほどのことはなかったが、少しずつ変わっていったのは確かだ。何よりも小説を書くという行為が「仕事」となり、毎日の生活の中に組み込まれていったのだ。詩はこの頃も毎日書き続けていたが、小説を書くのとはまた別の次元の話である。しかも、正式な依頼を受けてのお仕事なのだ。意識の持ちようから何からすべてが違ってくる。

その依頼のうちのひとつが、受賞後の第一作を書けとのお達しだった。が、そう言われても、それまで作家になるべく修行していた人は、いくつかの習作があって、手直しその他ですぐに書き上げられるかもしれないが、私の場合は、何もないところから始めねばならなかった。でも、出だしからそんな弱音は言っていられない。書きましたよ、それも八十枚。これでは長いから短くしてくれと言われ、手直しして掲載されたのが、二作目となる「伝説は山を駆け降りた」だった。とにかく、注文があれば手当たり次第に書いた。気分はすっかり〝作家〟である。また、徳間書店からは、「長篇を書きなさい」と言われていたので、こちらもぼつぼつと準備をし、書き始めていた。結果的にはこれが長篇二作目の『海神の戦士』となるのだが、正式に世に出るまでは、まだ数年の時間が必要だった。

同時に、就職活動も並行して行っていた。しかし、こちらはなかなかうまくいかなかった。出版社を数社受けたのだが、芳しい結果は得られない。その中でひとつ思い出となっているのは、講談社に願書を出しに行ったとき、受賞後に連絡をくれて打ち合わせに来たKさんとばったり出会ったことだ。メジャーな出版社で、新人賞受賞者に会いに来てくれた編集者は彼ひとりだったから、よく覚えていた。そのKさんがここで何をしているのかと訊《たず》ねたので、「いえ、御社への願

書を提出しに来たんです」と返事をすると、

「君はこんなとこを受けるような人間じゃない。俺が預かっておく」

と願書を取られてしまい、人事部にも持っていってくれず、結局は試験を受けることができなかった。しかし、単行本の編集者と繫《つな》いでくれたのがこのＫさんで、後に長篇デビューができたのは彼のおかげと言ってもよい。その意味では感謝しているし、恩人のひとりでもある。Ｋさんが所属していた「小説現代」にも書くように言われ、持っていった短篇は、とうとう載せてくれなかったが。

ずっと後になって聞いたことだが、書けと言われて原稿を持っていき、結局載せてくれないという〝仕打ち〟はＫさんの常套《じょうとう》手段で、多くの作家が苦い思いを味わっていたのだそうである。

とまれ、そんな具合に就職活動は結構難儀した。

最終的には音楽会社の東芝ＥＭＩ（現・ＥＭＩミュージック・ジャパン）に入社することになるのだが、失礼ながらぜひともここにと思い込んでいたわけではない。音楽が好きだからという志望動機はあったのだが、その年はレコード会社の求人がほかにCBSソニー（現・ソニー・ミュージックエンタテインメント）など数社しかなく、募集要項をみると、その中でも東芝EMIだけが制作二名と書いてあったのだ。ほかは営業だとか違う部署の募集である。当時はまだレコード会社が右肩上がりの時代だったはずだが、なぜか募集している会社は少なかったのだ。必然、東芝EMIを受けることになった。

時期的にはかなり切迫していたように思う。そのぶん、肩の力が抜けていたというのか、破れかぶれというのか、そのくらいがうまくいくものなのだろう。また、私の卒論が、《複製技術時代におけるポピュラーミュージックの役割とジャズの特殊性について》というもので、これを最終面接のときにアピールして、ウケたのも効いたようだった。あっけなく合格したのである。

実は出版社も一社だけ、最終選考までいったのだが、そのときはすでに東芝EMIが決まっていたので、そのまま受けずに終わった。

■新人社員地獄の日々

一九七九年四月、東芝ＥＭＩに入社する。制作部門、つまりディレクターだ。この頃の東芝はアリスやユーミン、甲斐《かい》バンドなど、大ヒットを連発するアーティストを抱え、えらく勢いがあった。そんな会社でレコードを作れるというのは、何とも魅力的に思えた。

だが、現実は厳しかった。新人ディレクターは、まず先輩の弟子というか丁稚になってこき使われるのが習いだった。肩書こそＡＤ、アシスタント・ディレクターではあるが、実質は奴隷である。私が最初についたのはＨさんという、アリスを担当していた名物ディレクターだった。この人がなかなか凄いお方で、大学を出たばかりの何も知らない新人に向かって、「これやっといて」と言ったきり、ふいっといなくなってしまうことがしょっちゅうだった。

新人の仕事の内容は本当に何でもありで、ありとあらゆる雑用をこなしていかなければならなかった。要は使い走りなのだから仕方がない。煙草《タバコ》の買い出しから、弁当の用意は言うまでもない。体力的にきつかったのは、二インチテープというおそろしく重いテープを十本ほど両手にぶら下げて、スタジオからスタジオに移動することだ。これはいくら空手同好会出身でもつらかった。一番重要だったのはレーベル原稿書きである。レコードに貼《は》り付けるラベルに作詞者名、作曲者名、コピーライトを記入するための原稿を書くのだが、これを間違えたら大変なことになってしまう。ほかには、損益分岐点の算出など、これがディレクターの仕事の範疇《はんちゅう》なのかと思うようなこともやらされたものだった。

それでも私は、そんな雰囲気が決して嫌いではなかった。体育会系だったから縦社会の主従関係に慣れていたこともあったかもしれないが、それればかりではなく色々な立場の人間がそれぞれに自分の仕事をこなして、ひとつのものを作っていくという組織のありようが好きだったのだ。

　ところが、入社して何カ月目だったたか、師匠のＨさんがアリスを連れて突然独立し、ポリスターという新しい会社を作ってしまったのだ。「あとはひとりで頑張れよ」、師匠はそう言い残して去っていった。さあ、これで困ったのは私だ。頑張れと簡単に言われても、私よりも先輩のディレクターがまだ何人も弟子をやっているのに、入社したての新人がいきなり独り立ちさせられたのだった。右も左もわからずに、しかもどうやってレコードを作るのか、まだよく把握できていない段階で放《ほう》り出されたのである。

　少々説明しておくと、当時のディレクターという仕事は、独立採算制といおうか、同じ会社の中ではあっても、それぞれがひとりで一企業を張っているような立場にいたのだった。当然、ディレクター同士はライバルだ。お互いに自分のところの売り上げを伸ばそうと必死になる。だから、損益分岐点を算出し、会社全体の経理とは別の意味で、把握しなければならない。そういう環境で普通は二、三年修行をして、ようやく独立し、自分の確たる立場を築き上げるのだ。中には、いた。「俺の下につくか」と有り難い言葉をかけてくれた人もいた。私の状況を見かねて、その人は歌謡曲ばりばりの部署だったので、丁寧に遠慮させてもらった。

しかし、Hさんは、一切合財抱えて黙って出ていったわけではなかった。東京キッドブラザーズやキャニオンから移籍したばかりの小坂恭子《こさかきょうこ》など、彼の人脈はそのまま引き継いだし、置き土産としてスピードウェイという新人バンドを担当することになる。星光堂というレコード卸店主催の多摩地区コンテストで優勝したバンドで、Hさんも私も惚《ほ》れ込んでいたのだ。彼らのアルバムは二枚作ったがそのうち一枚は私がひとりで作った。しかし、どういうわけかレコードはさっぱり売れなかった。このバンドに木根尚登《きねなおと》と宇都宮隆《うつのみやたかし》がいたのだった。小室哲哉《こむろてつや》はあとから参加したのだと思う。彼らは後に、EPIC・ソニー(現・エピックレコードジャパン)からTMネットワークという名で再デビューし、大ヒットを飛ばすのだからわからない。ほかには北海道出身の定期預金というバンドも妙に記憶に残っている。ＮＨＫの番組で賞を取ったのだったが、あのバンドはどうなったのだろう。

このような状況だったので、入社してしばらくは、原稿など書くどころではなかった。ただ一本だけ、入社した年に「月刊空手道」という雑誌に「牙の道標」のタイトルで長篇を連載した。これは大学で一緒に空手をやっていた男が編集者となり、「何とか頼むわ」、というので引き受けたのである。この作品は、後に形を変え、『聖拳伝説』となって世に出る。

そしてこのとき、二足のわらじを履くということが、いかに大変なものかの一端を思い知った。仕事にもよるのだろうが、ディレクターの場合は、何時から何時までという定時ではまるで終わらない。深夜三時頃までスタジオにいて、それから自宅に帰って、朝まで机に向かうということもざらにあった。こんな生活が毎日続くのでは、いくら体力自慢の私でも、長期間に及ぶとどうなるか自信がなくなった。

社内の人間には、「三年程度で会社を辞めて……」などとは口が裂けても言わなかったが、ディレクターの仕事をしているうちに、次第にこちらのほうが面白くなっていたのも確かだった。別に三年と期限を区切る必要もないのではないか、そう思い始めていた矢先――

人間、万事塞翁《さいおう》が馬である。良いことが続くと、悪いことが起きる。同時にまた悪いことが転じて福となる。

■空手の再開。そして長篇デビュー

ディレクターの仕事が面白くなり、スタジオでキューを振る仕草もさまになってきたと感じ始めた頃、突然の人事異動があった。これによって私は宣伝部、それも鬼のN軍団と呼ばれるNさん配下の部署へ行くことになる。

宣伝部の代表的な仕事は、ラジオ局やテレビ局、雑誌や業界紙の編集部などのマスコミ各社に、レコードのサンプル盤を抱えて挨拶《あいさつ》に出向き、「よろしくお願いします」と配ることである。実際に、サンプル盤を渡した瞬間に目の前でゴミ箱に捨てられる、ということも経験した。ひたすら頭を下げて回るので、人によっては、最下層の扱いとも言われる。

よほど私の性に合わなかったようで、精神的にまいってしまったらしく、この頃、軽いパニック障害を患った。自分が創《つく》ったものであれば、いくらでも頭を下げてお願いできるのだが、他人が創ったものをなぜ、というわがままな作家心理が働いたようだった。いまでも、混雑した列車に乗ったり、映画館で隣の席に人が座ったりすると、背筋がムズムズする。

この仕事は一年半弱続けたが、おりしもその間にNさんの部で、ニューミュージック時代黄金期の象徴「ルビーの指輪」の大ヒットがある。寺尾聰《てらおあきら》さんには悪いが、このおかげでどれほど忙しかったことだろうか。出張も増え、キャンペーンなどで全国を飛び回り、自宅でゆっくり休める日など、ほとんどなかったのではなかろうか。

だが、人間というのはどんな環境にでも、いつの間にか順応するものだ。

忙しさの合間を縫って、私は会社で資料漁《あさ》りをこっそり始めたりもしていたのだった。何しろ会社が会社である。音楽関係の資料はたっぷりと揃《そろ》っている。これを利用しない手はないではないか。最初はきつく感じられていた、会社の仕事と自宅での原稿書きの二重生活も、慣れてしまえば案外どうということはなかった。

そして偶然のことながら、同期入社の社員に常心門《じょうしんもん》空手をやっていた男がいた。彼に誘われて、大学を卒業してから中断していた空手を再開したのだった。流派の支部が渋谷《しぶや》にあるので、お前もどうだというのだ。空手はそのままやめたくはなかったので、この誘いは有り難かった。

運動不足とストレスの解消にもなると思い、早速出かけた。土曜日の夕方、練習場として借りている渋谷の小学校の体育館に向かった。支部の名前は「悟空《ごくう》」。空手を悟るという意味だという。主宰しているのはエッセイストで映像作家、現多摩美術大学教授の萩原朔美《はぎわらさくみ》さんだった。糸東流では黒帯をもらっていた私も、ここでは白帯からのスタートとなる。

ともかくも、これがその後二十年余りもの長きに渡って続けることになる、常心門という流派との出会いだった。

この支部に集っている人たちは、ほとんどが私より年上で、いわゆる団塊の世代のオジサン、オバサン方が中心だった。しかしこの人たちがまたたいへん真面目《まじめ》で、一生懸命なのだった。さすがにあの学生運動の嵐《あらし》をくぐり抜けてきた方々だけのことはある。必死の形相で稽古《けいこ》をこなしながらも、そのあとの飲み会では飲むほどに酔うほどに元気が出てきて、白々と夜が明けるまで飲み続けるのだった。

私はといえば、稽古を始めた当初は流派の違いによる違和感はあったものの、基本は出来ているので飲み込みは早かった。すぐに最初の級である六級の審査を受けて合格する。飲み会もだいたい最後まで付き合ったが、彼らの熱気に対抗できていたかと言えば、こればかりはあまり自信はない。俗に「路上研修」と呼ばれる対外実践練習には、できるだけお付き合いをしなかったからだ。ほんの数回、二、三度あったくらいであった。

会社の仕事のほうは相変わらず忙しかったが、体と心が次第に適応してきたこともあって、本格的に小説を書き始めてもいた。ちょうど講談社から、デビュー作の路線でまとまったものを書いてみないかとの注文があり、その気になっていたのだ。しかしながら、デビュー作は、ある意味勢いで書いたようなところがあった。振り返って、冷静に考えてみると、自分の売り物というのがまだよくわからなかった。それでも、ここは素直にジャズだろうと思うことにした。演奏シーンは書いていて楽しいし、小説を書こうという熱き思いの原点である。あとは空手というか活劇、加えて伝奇的な要素だ。伝奇やSFはもともと好きだったし、知識もあった。それに茶道と、自分の内にある引き出しを、出し惜しみしている余裕はなかった。持っているものを全部出してやろうと思った。

またその頃、社内で若干の変化があった。Nさんの部がそのまま独立し、ファンハウスという会社を立ち上げることになったのだ。部にいる人間が全員参加で、私も行くことになっていた。だが残念ながら、私にはその気がなかった。そこで、このどさくさにまぎれて、会社を辞める算段をつけようと思ったのだ。

正直にＮさんに事情を話すと、意外にも、「そういうことだったらいいんじゃないか」と納得してくれたのである。それどころか、「有給休暇がたまっているだろうから、しっかり消化してからのほうがいい」とまで言ってくれたのだ。夏の暑い盛り、八月か九月のことだった。

長篇の第一稿は半年ぐらいで出来上がった。それから直しだ。今では原稿を直すことなど余りないのだが、このときは何度も何度も読み返し、これでいいだろうかと随分思い悩んだものだった。見本が出来上がってきたのは、一九八二年の年が明けてすぐぐらいだったろうか。

自分が書いた小説が、初めて本になったのだ。タイトルは『ジャズ水滸伝《すいこでん》』。さすがに、これには感無量だった。

第四章　ノベルス作家時代の思い出

■淡々と作家生活が始まる

私の処女長篇《ちょうへん》小説『ジャズ水滸伝』が出たのと同じ年、三年間お世話になった東芝ＥＭＩを辞職した。就職するときに、三年ぐらい会社にいて、作家としての素地を作ってから辞めようと考えてはいたのだが、結果的には当初の目論見《もくろみ》通りになったわけだ。けれど、その間には理屈ではなかなか割り切れない、あれやこれやの事情があって、気持ちが揺らいだことも何度かある。しかしこれだけは確実に言えるのは、この会社での経験が、その後の作家人生と作品についても大きな影響を及ぼしているということだ。

組織の中で仕事をし、仲間と共にひとつの事案を完成させる。この単純な作業過程がいかに大事なことか、大切なことか、人と人を結びつける要素となっていることか、これは人生としての時間を経るごとに思い知らされる。はっきり言って《安積《あずみ》警部補》シリーズは、東芝ＥＭＩでの経験がなければ書けなかったかもしれない。

ひとりで小説を書いている現在、ふとＥＭＩ時代の仕事現場を思い出すことがある。みんなでレコードを作っているのが楽しかったのだ。最近では、テレビドラマの撮影現場を見学に行ったとき、集団で動いて何らかの作業をしているのを見て、「楽しそうだなあ」と羨《うらや》ましく思ったりしたものだった。自身の内に、そういうことを感じさせる何かの資質がもともとあるのだろう。どう言えばいいのだろうか、個人で何かを達成するというより、仲間とひとつの目的に向かうほうが、快感があるのだった。

さて、初めての単行本が出て、嬉《うれ》しくないわけがない。が、そうはいうものの、部数が少なかったので、書店で平積みになるということはなかった。実際、友人に聞いてみても、本屋で見かけたことがないというのだ。私も気になって書店に足を運んでいたが、自分の本が並んでいたところを見たことはなかったかもしれない。ましてや、誰かが目の前で買ってくれるなんてことをやである。そういう意味で言えば、この本を初版で持っている人は、かなり貴重な読者だと言えよう。無論、重版はかからなかったので、初版しかこの世には存在しないのだが。

ともあれ、こうして私の作家生活は淡々と始まったのだった。

仕事のほうは、まだそれほどあるわけではなかった。デビュー作が爆発的に売れるという奇跡も、当然のことながらなかった。担当の編集者は、「評判いいですよ、書評も結構載りました」と言ってくれていたのだが、実績が伴わなければ意味はない。そのとき書評を書いてくれた方々には、本当に感謝しております。

そういうわけで、会社を辞めたあとは、ある程度予想はしていたがお金が無い状態が常態となっていた。そこで、思いあまって学生時代にアルバイトをしていた会社に事情を話すと、時間は自由でいいから、執筆できるタイムスケジュールできてくれればいいと、有り難い話が返ってきた。人の情けが身に沁《し》みた瞬間だった。ほかにも東芝時代に知り合った雑誌の編集者から、キャプションのような短いフレーズで綴《つづ》るミニ・ストーリーを書くなどの仕事をもらって、食いつないでいた。

デビュー長篇以降は、その後ノベルスを二冊出して、一旦《いったん》そこで途切れていた。そうそう、とんとん拍子に注文が来るものではない。それでも私はまったく心配していなかった。悲観もしていなかった。常に次のことを考えていたし、今できることをとにかくやっていこうと思っていたのだ。

金は無いけど、暇はたっぷりある。だからというわけではないのだが、こんなときにしかできないこともある。この時期は本を沢山読んだ。たとえばクライヴ・カッスラーの『タイタニックを引き揚げろ』を読んで、初めて冒険小説というものに接し、「おお、何だ、これは」と驚き、新しい世界が開けたものだった。ジャック・ヒギンズも固め読みしたし、ロバート・B・パーカーを読んで訳者である菊池光《きくちみつ》さんの文体に惚《ほ》れ込み、何とかそれを真似《まね》ようと試みたこともある。私だけの感性かもしれないが、菊池光の乾いた文体、直訳体は西脇順三郎《にしわきじゅんざぶろう》に相通じるものがあると感じたのだ。ここから冒険小説、ミステリーの世界に入っていき、やがて刑事ものも読み始める。コリン・ウィルコックスの《ヘイスティング警部》シリーズや、マイ・シューヴァル＆ペール・ヴァールーの《マルティン・ベック》シリーズ、マイクル・Z・リューインの『夜勤刑事』など警察小説を大量に読みふけり、こういうものを書いてみたいと思うと同時に、どうして日本にはこのようなタッチの警察小説がないんだろう、などとも思っていた。

これらの読書体験は後々にいたるまで、大いに役立った。いや、役立つというよりも自分の内での栄養になり、知識の充電をする役目を果たしてくれたのだ。

読書だけではなく、プラモデル作りも始めた。子供の頃に好きだったことを思い出し、宇宙戦艦ヤマトを買ってきて作ってみたら、これが実に面白くてやめられなくなってしまったのだ。しかし、プラモデルは、じきにキットを買うこと自体が面倒くさくなってやめてしまい、次第にその辺にある材料を削って作るようになっていった。もちろんこれが、今のフルスクラッチガンダム作りに繋《つな》がっているのは言うまでもない。

空手のほうは、北海道の言葉で言うと何だか〝ワヤ〟になっていた。常心門に入門して三年目ぐらいで黒帯をとり、続いてさらに、棒術と整体を学び始めたのである。それぞれに稽古《けいこ》、練習は別にあり、それぞれの稽古のあとには、もれなく飲み会がついてくる。当然のことながら、そのすべてに参加して、明け方帰宅コースに突入するのも、これまた当然至極であった。充実していたと言えば、充実し切っていた。まさしくその通りと答えるよりないのだろうが、自分でもこれでいいのかと、思わないでもなかった。

小説の仕事は幾分か止まっていたとはいうものの、出版社との付き合いは確実に増えていた。編集者の知り合いも多くなり、正式な形にはなっていないが、「今度仕事をしましょうよ」という話も次第に増えてきていた。いずれ期は熟する。根拠のない自信ではあったが、何となくそんな風を感じていたのだ。

加えて、ラッキーだったことに、時代は新書ノベルス全盛の世となっていったのである。
私も及ばずながら、その波に乗らせてもらえたひとりであった。

■ノベルス作家の気概

作家専業となった当初の年収は、およそ二百万円ぐらいだった。この状態がいつまでも続いていたら、さすがに考えただろうが、時に世はバブル期を、そして出版業界はノベルス全盛の時代を迎える。

私のところにも、八五年ぐらいからぼつぼつと書き下ろしの注文が来るようになり、それをこなすだけで忙しくなってきた。書けば本になったのだ。これは楽しいし、やりがいもある。一冊が長いもので四百枚、それをだいたい三カ月で書く。つまり年に四冊ぐらい出版されるようになったのだった。翌八六年には、確か六冊ほど出ている。時間を持て余した日々から、いきなりの量産体制だ。一日に二十枚は書かなければ追いつかない状態となったのだ。

だが、実際にどれだけ売れていたのかは疑問だ。第一、増刷がかかった本など、その後もずっと、ただの一冊もありはしなかったのだ。有り難かったのは、ノベルスブームの全盛期であったため、初版の部数を結構刷ってくれたことだった。一冊出すと、だいたい百万円くらいの収入があった。書き下ろしの書籍は印税の収入になるので、出版社によって多少の違いはあるものの、初版部数×定価×一〇パーセントが基本になる。だから、初版の部数によって若干の差があるのだ。百万円掛ける出した本の数が、おおよそ年収の目安となる。二百万だった年収が四百万、そして六百万と一年ごとに飛躍的に増加していったのだった。

仕事の注文はすべてノベルスの書き下ろしだったが、ハードカバーの単行本を書いてみたいという気持ちは、当然あった。しかし、そのチャンスはなかなか巡って来なかった。それ以前に、当面は目の前の仕事をこなすのが精一杯だった。いわゆるペイパーバック・ライターである。でも、それはそれで、「面白いものを書けばいいんだ」との覚悟がこちらにもあった。二時間で読める小説だ。たとえば新幹線に乗っている間に読んで、降りるときに捨ててもらっても構わない。その代わり、「読んでいる間の二時間は、たっぷりと楽しませてあげますよ」と自負していた。だいたい標準的な映画の長さが二時間ぐらいで、エンターテインメントというのは、この程度の時間がちょうどいいのだろうと思う。

そういう意味で、「ノベルス作家、上等じゃないか」という気概があった。誰かに面白がってもらう、楽しんでもらうというのが、私の小説の出発点だ。

自分としてはノベルスを書くときに、すべての場合において、シリーズ化を意識、前提として書いた作品はひとつもない。一冊目を書いたら編集者が、「じゃ、この次もこれでいきましょう」というパターンが多かった。アクションの描写は空手をやっているおかげでとても身近なものだったし、伝奇的要素は私自身が好きだったのだ。キャラクター設定も、一度決まったらあとはすんなりと動き出してくれたし、シリーズ化の提案は有り難かった。もっとも、ノベルスという媒体はキャラクターで持っていくスタイルでもあるし、版元もそうしたほうが売りやすかったのだろうと思う。私にしても、結局はシリーズにならなければ、これほど多くの作品を書くことはできなかっただろう。

それから、私はまったく意識していなかったことであり、ある方から指摘されてわかったのだが、初期の作品ではヒロインの〝女の子〟要素が現在よりうんと濃いという。言われてみれば、なるほどだ。これはアイドル好きな自分の気持ちの顕在化であったかもしれない。

いや、実は――恥ずかしながら、この当時、特に名は秘しておくが、とあるアイドルのファンクラブに入っていた。当方三十歳を超えておりました。あちらさんは、まだ二十歳そこそこだ。それだけでも、ちょっと危ないオジサンの香りがするのだが、あろうことか私は、芦ノ湖《あしのこ》へのバスツアーというファンの集いに参加してしまったのだ。観光バス五台を連ねて行く、かなり大がかりなツアーである。といっても堂々と参加したわけではない。

ツアーの日の朝、集合場所の新宿西口に着き、ちょっと遠くから覗《のぞ》いてみて、自分がかなり浮いているようだったら、帰ってこようとは思っていたのだ。そうしたら、そんなことは全然なくて、似たようなやつがごろごろといる。「ああ、これなら行けるじゃん」と、そこでようやく、いそいそと参加したのだった。しかしこのとき、アイドルの彼女とはお近づきにもなれなかった。何しろバス五台分の人数である。休憩のたびに彼女はバスを乗り換えて挨拶《あいさつ》をするのだけれど、こちらからは積極的にアプローチなど、できはしない。後ろの席に座っていたので、とうとう握手もできなかった。彼女と周りのファンの男どもの手前、とにかく明るく振る舞っていないといたたまれなくなるというのが、さすがにオジサンにはつらかった。

このときの記念写真は今でも大事に持っている。別に青春のヒトコマというわけではないのに、なぜか捨てられずにいたのだった。

話を戻すと、ノベルス作家というのは、よほどの売れっ子でなければ――当時で言うと夢枕獏《ゆめまくらばく》さんや菊地秀行《きくちひでゆき》さんのような方々、あるいは西村京太郎《にしむらきょうたろう》さんや赤川次郎《あかがわじろう》さんのような超大物は別として、多くの場合、自転車操業にならざるを得なかった。ずっと走り続けていなければならず、少しでも止まったら倒れてしまうのだ。だが、ほかの作家がどう考えていたかは知らないが、私はそれなりに楽しかった。また、量産できるかできないかが、作家としての分岐点と考えていたのだ。

■ノベルス作家の喜怒哀楽

一九八八年に、一〇・二〇・三〇の会というパーティーを催した。作家デビューして十年、著書が二十冊、年齢が三十歳になった記念に何かやろうと、周囲が言ってくれたのだ。

実際には年齢が三十三歳になっていたなど、数字は微妙に違っているのだが、そのあたりの細かいことは気にしないというのが文芸出版界の常だ。しかし、何であんな会を開いたのだろう。出版記念パーティーというものを開いたことがなかったので、その代わりのつもりもあったのだと思う。

十年で二十数冊というのは、最初の数年が何もなかったのを考えると、多いほうではないかと思う。体が慣れてくると、量産体制にすんなり入れたこともあった。小説を量産するコツなどというものはない。ただ書く。ひたすら書く。それだけだ。特にエンターテインメント作家の場合は、これができるかできないかで大きく分かれてくる。ひょっとしたら、それが才能ということなのかもしれない。

もうひとつは見極めと割り切りだ。正直に告白すると、私にも書き上げたあとに、「あ、これは失敗したな」と思う作品はある。でも、だからといってそこで一からやり直したりはしない。次に頑張ればいいと思うようにするのだ。もちろん、資質や性格にもよるのだろうが、こうした開き直りというか切り換えも、作家には必要だし、大切な要素ではないかと今なら信じる。

書くことは楽しかったし、苦しいと思ったことはない。収入も伸びていって、生活に困るようなこともなかった。

そんななかで、つらいと感じたのは、その頃〈冒険作家クラブ〉で先輩作家たちと知り合うようになり、彼我の違いを思い知らされたことだったろうか。〈冒険作家クラブ〉に入るきっかけは、あるとき突然、大沢在昌《おおさわありまさ》から電話がかかってきて、「作家クラブの仕事を手伝ってくれないか」と誘われたことからだ。彼とはそれまでパーティーなどで顔を見知っていたぐらいで、親しく話したことはなかった。その程度の付き合いだったので、この電話は何だかヘンな感じがしたものではあった。今思えば、あのとき大沢は自分の代わりというか、ほかにもうひとり、奴隷がほしかったのだろう。当時の大沢はまだ『新宿鮫』で大ブレイクする前であり、〈冒険作家クラブ〉第一期のメンバー十三人の中でも一番年下だったので、何かと雑用を押しつけられていたのだ。私は彼とほぼ同じ頃にデビューし、同い年で、しかも同じように「永久初版作家」つまり「新刊は出るけれど重版はしない」というレッテルを貼《は》られていたので、声をかけやすかったのかもしれない。今野敏こそは仲間であると考えたに違いない。ただ、その割には最初から偉そうな態度だったのは、さすがに大沢在昌であったのだが。

そんな経緯があって〈冒険作家クラブ〉に入り、会合に出向くと、そこに今まで出会ったことのなかった作家たち、綺羅星《きらほし》のごとく輝き、売れている方々――船戸与一《ふなどよいち》やら志水辰夫《しみずたつお》やらが集っているわけだ。これには圧倒された。

さらにその少しあと、今度は日本推理作家協会に入会し、お手伝いをすることになる。推薦枠で理事にしてもらったのだったが、要はていのいい雑用係で、汗をかくのが仕事だ。するとここでも、針のむしろ状態になってしまうのだった。理事の会合に出席すると、そこには生島治郎《いくしまじろう》理事長（当時）をはじめ、西木正明《にしきまさあき》、北方謙三《きたかたけんぞう》ら、お歴々がずらりと並んでいる。それだけでも壮観な眺めなのに、そこでやおら、今度クルーザーを買ってどうのこうのといった、景気のいい話が始まるのだった。そうした光景を目の当たりにして、私は口をきくこともできず、雑談にも入れないまま、ただ固まっているだけだった。

こういう瞬間が、何ともつらかったのである。お金の問題ではない。名前をなすというのか、作家としての名声というのか、そういうものが自分にはまだないと痛感させられたのだった。

ここで、ひとつ思い出したことがある。

大沢在昌が『新宿鮫』で爆発的に売れて、あれよあれよという間に差をつけられてしまったときのことだ。あいつは説教好きなものだから、

「敏ちゃん、あんたはいつまでそんな仕事のやり方をしてんだよ」

などと言うのである。奴はわざと挑発的な言い方をしているのだけれど、これはやはり悔しかった。

そして、自分より後にデビューした年下の作家たちが、続々と賞を取り始める。

仲間が売れていくのはうれしいのだが、やはり、「自分の順番は回ってこないなあ」という思いが強かった。その頃は酒を飲むと、いろいろと愚痴っていたらしい。

藤田宜永《ふじたよしなが》が『鋼鉄の騎士』で日本推理作家協会賞を受賞したとき、『私は祝賀パーティの二次会の司会を務めた。彼にもよくからんでいたものだ。いまでも、二人で酒を飲むと、「グダグダとうるさかったぞ、お前は」と言われ続けている。

だからといって、くさってもしょうがない。目の前の仕事をする以外に、自分にはやりようがなかったのだ。当時、私にハードカバーの単行本を書かせてくれるような、奇特な出版社はまずなかったのだ。

■ノベルス作家の転機

自分がノベルス作家と呼ばれることにはまったく抵抗はなかった。確かにノベルスは賞の対象になることもほとんどなく、そんなものとは縁遠かったかもしれないが、ノベルス作家にはノベルス作家のやり方、誇りがあると思っていたからだ。

ただひとつ、これだけは言っておきたいのは、売り方にやや違いはあっても、ノベルスだから軽い作品、ハードカバーだから重厚な作品というような安易な捉《とら》え方はしてほしくはない。よく、ノベルスで勝負をかけた作品はあったかという質問を受けたけれども、判型など関係なく、良識ある作家にとっては毎回毎回、全部が勝負作なのだ。いい加減な気持ちで書いた小説などは、絶対にひとつもない。

おりしもちょうどその頃、私の作家人生において決定的なことが起こるのだった。今となっては私のライフワークとなっている、《安積警部補》シリーズの一作目を書かせてもらえることになったのだ。あるとき、大陸書房の編集者に警察小説を書かせてくれないかと気軽な調子で頼んでみたら、「あ、いいですよ」といとも簡単にＯＫが出たのだ。

実を言うと、これには私のほうがびっくりした。それまでの今野敏の小説を読んでいる読者からしてみれば、まず間違いなく、「ええっ？」と思われる。今野の警察小説なんて読みたくもない、という読者のほうが大半だったろう。また、当時の感覚では、警察小説というと本格ミステリーのイメージが強かったかもしれない。でも私はそういう作品を書くつもりはなかった。そうしたもろもろの懸念を顧みず——もしかすると、バブル期特有の「いっちゃえいっちゃえ」といった空気が出版社にも流れていたのかもしれないが、とにかく、やらせてくれるというのだ。

嬉しかった。やってやろうと思った。大きな冒険であったたし、これもまた勝負をかけた一作だったのだ。

刑事ものを書いてみたいという気持ちは、以前から漠然と持っていた。海外ミステリーを読んだり、海外の刑事ドラマを観《み》たりしたときに感じていたのは、日本ではどうしてこんな警察小説がないのだろうということだった。だったら自分が書いてやろうとひそかに思っていたのだ。とはいうものの、まだ具体的な構想は一切なかった。最初にまずイメージが浮かび、〝ベイエリア分署〟という名前を思いついたのが先だった。

「かっこいいじゃん、これ」

という具合だ。ベイエリアというからには東京湾のどこかにしなければならない。それで地図をみると、首都高湾岸線が走っている場所がある。「おお、この辺がどんぴしゃりじゃないか」と思った。土地勘などまるでなかったが、何となく地図を見て気に入り、お台場という地名もかっこいいと思ったのだ。その程度の感覚だった。もちろん、そのあとに取材に行った。行ってみたら本当に何もない場所で、当時は船の科学館がぽつんと建っていただけだった。日本ばなれした風景と言えなくもない。そこが面白いと刺激を受けた。ここに小さな警察署を建て、本庁の交通機動隊やら高速道路交通警察隊やらを分駐させて、思い切り走らせれば、それだけでこれまでとは違った警察小説が出来ると確信した。

それでは泥縄じゃないかと思われるかもしれないが、物語を作るときは、案外こういうものでもある。

ドナルド・ウェストレイクという作家がいて、彼はジョージ・ワシントン橋を徒歩で渡っている男のイメージが浮かんだことから、ある長篇の第一章を書き始めたという。男が何者なのか、どうして橋を渡っているのかも、その時点ではわからなかった。それでも作者には、男がそこまで来れば橋を渡れることがわかっていた。その結果、それはリチャード・スターク名義で書かれ、以降、長大なシリーズとなる最初の作品『悪党パーカー／人狩り』になり、男はパーカーその人になった、とこんな話もあるぐらいなのだ。

そうやって誕生したのが、東京ベイエリア分署、つまり《安積警部補》シリーズだ。とにかく最初は参考にするものが何もなくて、全部をイメージで描いた。主人公の安積は、コリン・ウィルコックスのヘイスティング警部をモデルに、部下の刑事はテレビドラマ『刑事コジャック』の太った刑事〝スタブロス〟と俊敏なクロッカーをイメージした。これは須田《すだ》と黒木《くろき》だ。村雨《むらさめ》はヘイスティング警部シリーズに出てくる神経質で潰瘍《かいよう》持ちの刑事、とそういう形で組み立てていった。

警察の機構のことも、実を言うとよくわかっていなかった。これこそが泥縄だったのだが、仕方がないので、『日本の警察』という本を買ってきて大慌てで調べたものだ。須田が係長のことをチョウさんと呼んでいるのだが、これは本来ならありえない。あとで言い訳をどんどんくっつけていって誤魔化《ごまか》したけれど、読者のみなさんはそれを承知で許してくれました。有り難いことです。

私が書きたかったのは個性的な上司のもとで部下たちが動き回る、そんな人間模様だったのだ。これは東芝ＥＭＩに勤めていた頃に感じていたことで、組織の中で誰かと組んで何かを行うということがとても貴重で、嬉しかったのだ。こうした事情は、どんな組織であっても、さほど変わりはないはずだ、と、まずそこから始めたのだ。

警察官というと特別な立場のようではあるが、警察という組織の中で働いているときは、普通の会社の人間関係とそれほど変わらないと思う。上司がいて同僚がいて部下がいて、守らなければならない決まりがある。ただ、その決まりが一

般企業よりも少しばかり縛りがきつくて、上下関係がすぎるほど厳格になってい
る。問題はそこで、警察官というのは規律に縛られているだけに、組織の中で流
されていきがちな人種なのだ。つまり、上の言うことを聞いていればいい。いや
聞かなければならないということだ。

そのときに、少しだけかっこいい正義感を持った警察官、といっても組織のは
みだし者ではなく、組織の中で凛々《りり》しく振る舞う人間というのはどういう人物か
と考えたのだ。要するに部下をかわいがり、上司からの防波堤ともなる、理想的
な中間管理職だ。そういう警察官がいれば面白いと思ったのだ。

■安積《あずみ》の挑戦が自分を変えた

実際の社会で組織が何かの問題を解決しようというとき、たとえば会社の中の
ひとつの課でプロジェクトを立ち上げるときは、もちろん課全体で動いていくも

ので、それはそれなりに面白いし、ドラマもあるだろう。

しかし、本当のドラマは、そのまたさらに細かい部分での人間関係にあり、これが最高に面白いのだった。上司に取り入るやつもいるし、反発するやつもいる。その調停役もいる。終始マイペースのやつもいる。そこの部分が物凄い緊張と葛《かっ》藤《とう》の物語になる。しかもなおかつ、課全体で問題を解決したり、プロジェクトを達成したりする喜びは、理屈抜きに大きいものがある。

そうした人間たちの中で、上からの命令も下からの要求も聞きながら、どちらに対してもきちんと対応できる中間管理職の苦労と悲哀を描いていく。また、警察署そのものも新しくて小さいので、周囲の警察署にいいように利用されまくるという設定だ。これは今までにない新しいタイプの警察小説だろうと思った。

だが、新しいのはいいとしても、それが読者に受け入れられるかどうかは、まったく別問題だ。書かせてくれとは言ったものの、私にとっては、やはりかなりの大冒険だった。考えてもみて欲しい。デビュー以来、一貫して活劇アクションを書いてきた作家が、いきなり刑事ものを書いたとして、読みたいと思う読者はいるだろうか。そうした不安や戸惑いをたくさん抱えて、東京ベイエリア分署の第一作『二重標的《ダブルターゲット》』を書いた。最後の一行まで、物語が完結するのか、自分でも心配しながらの日々だったのを覚えている。

だからこそ、書き上げたときは本当に嬉しかった。

出来のほうはと言うと、当時は、そこそこの手応《てごた》えがあり、達成感もあった。しかし、今になって読み返してみると、やはり一作目は、まだキャラクターが活《い》きていない。三十代初めの作家が四十五歳の刑事の感情を描くこと自体、相応に無理があって、安積の懊悩《おうのう》も表面的にすぎてまだまだだ。それよりも脇役連中が全然活きていないし、型に嵌《は》まりすぎている。

見方をかえれば、このシリーズはそういう意味においては、書いていくうちにキャラクターが成長していった一番の成功例だった。というのは、その後も安積シリーズを続けていく上で、この連中のことを書いていくのが楽しくて、面白くて、やがて短篇では、彼らひとりとひとりの視点に立って物語を成立させていくということまで、やらせてもらえるようになったせいもある。それまでもシリーズものはいくつか書いていたが、ここまで脇役の立場に踏み込めた作品はなかった。

ベイエリア分署の立地にしても、何もないところだから良かったのだと書いたが、これは私の深層意識を探ってみると、北海道出身ということが少しは影響しているのかもしれないと思う。新しく開発された、もしくは、これから開発される場所のほうが、心情的に入りやすいのだ。浅草《あさくさ》だ、深川《ふかがわ》だといった昔からある街を舞台にしましょうなどと注文されると、逆に引いてしまう。

にもかかわらず、そこにもうひとつ複雑な感情が入り込んで、安積にはお台場なんて本当の街ではないと言わせてもいる。人が集まってきて集落ができ、村になって、やがて町に発展し、市場が出来てという、自然発生的なものこそが街であるという思い込みが、私のどこかにあるからだ。基本的に安積は、だだっ広い空き地にアスファルトを敷き、区画整理して出来た土地なんか街ではないと思っている。だが、一方では分署の非常階段に立っているときに、ふっとした加減で漂ってくる潮の香りに懐かしさを感じ、愛着を抱いてもいる。つまり安積自身が、この地域に対してアンビバレンツな感情を抱えているのだった。

ともあれ、そうした細部のことどもはまだずっと先の話で、一作目を書いた一九八八年の時点では、書き上げた喜びと満足感で一杯だった。ただし、作者本人の意気込みとは委細関係なく、読者の反応はあまり芳しいものではなかった。少しは反響があったのかもしれないが、作者のもとにはなかなか届いてはこず、私には実感がそれほどない。それでも、大陸書房はこのシリーズを三作書かせてくれたのだ。他社で活劇アクションを書きながら、こちらでは警察小説を書く。それを三作続けていくうちに、「これはいけるんじゃないか」と自分の気持ちの中だけでは思うようになっていた。そういう感覚は書いている側の人間に独特のもので、自分が刑事小説を書ききれたという手応えとともに、全身で感じていたことだった。

　ところが、まさにこういう時期に人生の何たるかを思い知らされることになる。善いことがあれば、悪いことが起きる。時代の荒波が押し寄せてきたのだ。バブルが弾《はじ》け、臨海副都心計画が頓挫《とんざ》し、「もうあそこには本当に何もないままですよ」ということになってしまったのだ。さらにもっと直接的な事件が襲いかかってきた。バブル崩壊のあおりを受けて版元である大陸書房が倒産してしまい、シリーズを書く場そのものが無くなってしまったのだ。

■徐々にシフトしていく自分

　安積のシリーズを書かせてくれる場所が無くなると、必然的に元の活劇もの中心の作品ばかりになってくるのは致し方なかった。小説の依頼がそういう形で来るのだから仕方がない。だが、以前と較《くら》べて大きく違っていたことは、活劇アクションの中に刑事を登場させるようになったことだろう。一九九一年以降、おそらく《潜入捜査》シリーズあたりがその始まりだと思うが、警察小説ではないけれど刑事が登場する作品が増えてきたのだ。

また、《潜入捜査》シリーズについては、ここに登場するとある人物は、後の『隠蔽捜査』の主人公竜崎伸也《りゅうざきしんや》の原型と言って差し支えないかもしれない。キャリア官僚は、理想論（たてまえ）を追うことこそが使命だとする、私なりのキャリア論がすでにこの作品には謳《うた》われている。

私の場合、いつもそうなのだが、何をするにしてもいきなり変革したりはしない。徐々にシフトしていくのである。このときも、刑事が出てくる小説と純然たる活劇アクションとの間で何度か揺り戻しがあって、それを繰り返しながら次第にある一定の方向へと向かっていったのだった。

それにしてもバブル崩壊の影響は出版業界においても深刻なものがあった。目に見える形であれ、見えない形であれ、さまざまなところでその影響を受けたと思う。何よりもまず、雑誌が次々と廃刊になり、出版社が倒産するという現実に驚いたものだ。それも自分が付き合っていたところがだ。

そしてほぼ同時に、ノベルスの初版発行部数も確実に少なくなっていった。ということは、以前の収入を維持するためには、より多くの冊数を書く以外にはないのだったが、世の中はノベルス主導から文庫主導の時代へと、次第に移行しつつあったのだ。つまり、書店でのノベルスの売り場面積が徐々に狭くなっていったのだ。そういう中で、自慢ではないが、私は結構頑張っていたほうだと思う。コンスタントに年間六、七冊は書いていたのではないだろうか。自分が面白いと信じるものを書いていればいいのだという開き直りのような気持ちはあったが、そうは言ってもこの先どうなるのかまったく見えない状況で、「俺はもうこのまんまかもしれないな」と半分くらいは諦《あきら》めの気持ちがあったかもしれない。

そんな時期に、講談社から初のハードカバー『蓬莱《ほうらい》』が出ることになる。

きっかけはノベルスの担当編集者に、「ノベルスの部署からはハードカバーは出せないの?」とぽろりとこぼしたことだった。やはり自分でもどこかに焦りは感じていたのだろう。ほとんど愚痴に近い訊き方であったかもしれない。普段、口ではノベルスでもハードカバーでも変わりないと強がりを言っていながら、やはり心のどこかに、ハードカバーで本を出してみたいという気持ちがあったのだと思う。

もちろん駄目もとでの軽い言葉だったのだが、すると、「何とかなりますよ」という思いもよらぬこたえが返ってきたのだ。是が非でもやらせてほしいと、必死になって書いたのは言うまでもない。他の書き下ろしに較べ、相当に時間がかかり、これには一年近くを費やしている。それだけ力を入れ、自信もあった作品だ。何といっても、ベイエリア分署という設定そのものが幻と化し、一度は打ち切りとなった《安積警部補》シリーズの刑事たちを復活させたのだ。それも原宿署と渋谷署の間に神南署という新しい警察署を設定し、そこに安積班をチームごと異動させるという荒業を使ったのだ。自分の気持ちの中で、どうしてもこのキャラクターたちを失いたくなかったのだ。

有り難いことに、このとき大沢在昌が帯に推薦文を書いてくれた。曰く――

「ゲラを読み始めたのは、ゴルフの前夜だった。早く寝たい。適当でやめよう、そう思いながら読み始めた。そしてやめられなかった。

ゴルフ前夜の睡眠時間を削られる作品に、久しぶりに出会った。

『蓬莱』は、今野敏の大勝負作だ。仲間・今野敏は、あの夜から嫌な商売敵になった。

こんなエールは、本当は送りたくない。が、書いてしまおう。

面白い。文句なく、面白い」

思わず笑ってしまうほど素敵な文章なのだ。初めてのハードカバーが、こんなにも熱く、かっこいい推薦文とともに出たのだ。嬉しくないわけがない。

これで売れなければ自分の責任と、そんな風にまで思っていたのだったが、結果から言うと、売り上げはそこまでは伸びなかった。それからも、しばらくは鳴かず飛ばずの状態が続いていく。それでも仕事の内容は、徐々にハードカバーに重心を移していく方角を向いていた。ゆっくりとゆっくりと、でも確実にシフトしていく。これが私のやり方だった。

■量から質への転換

『蓬萊』が出た頃、生活のレベルは、それなりに安定していたと思う。しかし、お金持ちではないから、自転車操業でやっていくしかないのは変わりなかった。ここでいきなりハードカバー作家になってしまったら、食えなくなるのは目に見えていたからだ。なぜなら、ハードカバーはノベルスより初版部数が少なくて、しかも書くのに時間がかかるのだ。

ノベルスの場合は、原稿用紙換算でだいたい三百五十枚から四百枚が普通である。ハードカバーの場合は、それよりもう少し書き足したい。ボリュームを増やすことで、内容に厚みを加えたいのだ。その理由のひとつは、ハードカバーは一作一作を単独の作品として、読み切りのつもりで書いているからだ。必然的に力の入れ具合にも変化があるのだった。

しかしながら、世の中はみるみる不景気になり、出版業界も同様で、ノベルス、ハードカバーという判型にかかわりなく、初版止まりの本が増えていた。私などはその最たるもので、ハードカバーで本を出すと収入は減ってしまうという現象が起こっていたのだ。

評論家の方々からはそれなりの評価をいただいて、次にブレイクするのは今野敏だなどと書いてくれたりもした。嬉しかったけれど、「じゃあどうすればブレイクするんだよ」という思いのほうが強かった。その間、大沢はどんどんエラそうになるし、私だって仕事をしていないわけではなかったのだ。

さらには、推理作家協会と〈冒険作家クラブ〉の公務もあった。特に〈冒険作家クラブ〉のほうは、パーティーを開いても初期メンバーの大物作家たちが参加しなくなり、今後の運営や方針を考えざるを得なくなっていた。大沢在昌の策略で参加することになったとはいえ、一旦引き受けた仕事を投げ出すことはできなかった。

今になって思うと、この時期は小説家としての私にとっては雌伏の期間であったかもしれない。九〇年代半ばから九八年ぐらいにかけてのことだ。あえて小説家とことわったのは、個人としての今野敏は、結構充実した日々を送っていたと思うからだ。

空手、棒術、整体の稽古はずっと続けていたし、空手にいたっては「常心門今野塾」を開き、教える立場になっていたのだ。これは、その後一九九九年に二十年も在籍していた流派を去り、「空手道今野塾」として独立する。現在は「ショウリン流空手道今野塾」として活動している。

ほかにも趣味的なことをやたらと始めるようになっていた。二百分の一スケールでのフルスクラッチビルドのフィギュア作りはもちろんのこと、スキューバダイビングにハードダーツ――最近流行の電気ダーツではなく、正式なもの――も人に誘われてやり始め、いずれも熱中して一生懸命に励んだものだった。ダーツは毎週都内のどこかでリーグ戦があり、それに参加してあとは飲み会のパターンだった。

とにかくこの時期にはいろんなことをやった記憶がある。仕事はすべて書き下ろしだったので、時間的な余裕はあり、締切りに追われるというような状況ではなかった。言わば自由時間はたっぷりあったのだ。

しかし、われながら作家というのは凄いと思うのは、あとになってこれらの趣味がみんな小説のネタになっていくのだ。「俺たちの商売って、どんなものでも無駄にしないエコで貪欲《どんよく》な人間の集まりなんだ」とつくづく感じた。

確かに小説家としては雌伏の期間だっただろう。だが、仕事が無くなっていたわけではない。賞はもらえないし、爆発的に売れもしないが、消えもせず、潰れもせず、まるで演歌のように地道に書いて、地味に売ってきたのである。作家は作品を書くことが仕事であり、それがほとんどすべてと言ってよい。私は淡々とそんな生活を送っていたのだった。

そうやって長く続けていくうちに、だんだんと見えてくるものがある。

「仕事は量をやらないと質は高まらない」

という、石ノ森章太郎さんが私に語ってくれた言葉もそのひとつだ。正確にいつだったかは思い出せないのだが、ノベルスを書きまくっていた頃に石ノ森さんとお会いして、このアドバイスをいただいたのだ。それ以来、私の座右の銘としているのだが、量から質への転換の一瞬は確実にある。だが、意識したところで、その瞬間はわからない。書いているうちに変わってくるし、書かなければ変わらないのだ。

そういったことが、やんわりと見えてくるようになっていったのだ。

第五章　流行作家に向かって

■小説家は職人

小説家はいろいろなものを学び、持てる技術のすべてを駆使して、自分の中にある何かを表現する。そこでようやく読者に自分の気持ちを伝える第一歩を踏み出していく。そういう意味では、小説家は職人であるべきだと思う。

特に読者を愉《たの》しませることが第一義とされるエンターテインメントの世界では、もてなすためのテクニック、引き出しをいくつも用意し、あらゆる要求に応《こた》えていくことが必要になる。今の時代は、人を愉しませるエンターテインメントの媒体は、何も小説だけには限らないからだ。映画もあればテレビドラマも漫画もアニメも各種ゲームもある。そんな中で小説にしかできないこと、小説ならではの強みを考えていくと、結局突き当たるのは、人間の内面、人間の気持ちを描くということにつきる。これをやらないとほかの分野には勝てないのだ。

たとえば、映像の世界で、高倉健《たかくらけん》さんがじっと何かに耐えているときの背中が、画面一杯に大写しになったとしよう。あるいは固く結ばれた口元、ぎゅっと握りしめた拳《こぶし》、一点を見つめる厳しい視線でもいい。観客はそれだけで、何の説明がなくても、健さんの内面がわかってしまうのだ。映像ではそういうことが起こりうる。さらにはそこに音楽が加わったとしたら、想像力は倍加され、もはや何も言うことはない。

この圧倒的な映像の表現力に、小説は文章で対抗しなければならないのだ。そのためには何が必要なのか、どういった手法が有効なのか、作家はそれぞれに悩み抜いたあげくに、自分なりの手法を構築していかざるを得ないのだ。だからこそ職人にならざるを得ないし、私にしても、これを書いていかないと私の小説世界は成立しないというものが生まれてくるのだった。

ごくごく大雑把に言い切ってしまうと、小説というのは、物事がどうしてそういうことになったのかを描いていくものだろうと思う。なぜそういう風に、あるいはまたどんな具合に事態が動いていくのかを書くわけだ。しかし、そのどういう風にという根本の仕組みを説明するとくどくなってしまう。そのときに仕組みの全体を説明するのではなくて、その仕組みが動いていくところに接している人間たちの気持ちを描くほうが、はるかに説得力は生まれてくると思うのだ。

小説という形態は、異論は多々あろうが、多くの場合はアナログ形式で展開していくものだ。原因があって結果がある。一の次に二があって、そのあとは三がくる。物事は順番に進んでいき、やがて事件は解決する。

しかし現実の事件や事態は、時に理由もなく脈絡もないままにデジタルで起こっていく。それも、ただ暑いから人を殺してしまっただとか、本当にそんなことでと思われるような些細《ささい》なきっかけで、事が始まる場合もある。人を殺す理由など、さしてどうでもいいと言っては言い過ぎになろうが、理屈では理解できないことが簡単に起こっているのが現実なのだった。

そうしたデジタルの犯罪状況をそのまま書いてしまう小説も、最近では結構見られるようになってきたが、私の小説はきわめて昔風のアナログ形式で進んでいく。いきなり何かが起こって、そこから過去に遡《さかのぼ》るという書き方もしない。時系列に従って、物事が起こった順に書いていく。

それはまず、プロット自体が単純だということもある。私の場合はそこの部分を複雑にして工夫を凝らすのではなく、隙間《すきま》だらけのプロットを埋めていくのに必要な要素として、人間の気持ちやエピソードを書きたいのだ。そういったエピソードの積み重ねで小説は小説として成立していくし、読者も充実感を持って読んでくれると思っているからだ。デジタルだと、ここからここまでがいっぺんに飛んでしまうという場合もあるだろうが、その間をひとつひとつ埋めていくのがアナログであり私の小説なのだと思う。

アナログという言葉の語源はアナロジーだそうで、類推という意味がある。それを知ったときは、ハッとしたものだった。小説もまた、常に類推しながら考えていく作業だ。主人公に自分の体験を託して書いていくという、そこの部分は類推でしかないのだった。つまり、アナログでしかありえないのだ。

しかし、そういったことは、「質」への転換と同様に、「量」を書いていかなければ見えてこないものだった。書いて、書いて、覚えていく。これは、ある意味で空手の練習にも似ている。いや空手だけではなく、あらゆるスポーツ、仕事、稽古《けいこ》事にも通じることかもしれない。

たとえば空手の練習というのは、へとへとに疲れてもう腕が上がらないと思っても、そこから頑張って、あと一本、あと一本と突きの練習をしていくと、不思議なことにいつしか余分な力が抜けて、理想的な突きになり、集中力も高まって本当に効く一本になる。この練習を嫌になるくらい山ほどやっていると、基本が身につき、立っているだけですっと力が抜けて自然体のいい形になる。いわゆる、立ち姿だけで実力が見えてくるというやつだ。若干形は違うが、野球だって同じことだ。がちがちに力が入ったフォームで打ってもボールは飛ばないし、投げても棒球になるとよく言われる。力みがどこにもないフォームが理想的なのだ。

これらに共通するのは、いくら頭で理解しても、それだけでは決して身にはつかないということだ。徹底的に身体で覚え込むのだ。これがいずれは職人技と呼ばれるものになっていくのだ。小説を書くことも、まったく同様なのだ。力みばかりが目立ち、意欲が空回りして何も伝わってこない小説は随分ある。が、それを意識しても修正できないことが多く、つまりは書き続けてようやくたどりつく領域があるのだった。

■ターニング・ポイント

私の場合、「ああ、力が抜けてきたな」と自分で意識できるようになり、大袈《おおげ》裟《さ》に言えば小説の書き方がわかってきたのは、著書が百冊を超えたあたりからだったように思う。時期で言えば二〇〇〇年前後だったろうか。その感覚をどう表現すればいいか、これまた曰く言い難いのだが、とにかく書くのが楽になったのだ。肩の力が抜けてスーッと書いていける。それなのに書き上がったものを見ると、ノベルス時代のものより、明らかにワンランク質の高い仕上がりになっている。どうしてなのかと訊《き》かれても、不思議とそうなっているのだから、答えようがない。

ただし、そうしたことの契機となった出来事はある。作家には誰しも、そんなターニング・ポイントといえる時期というか作品が必ずあって、私の場合は『ビート』を書き上げたことで大きく変わったと思う。『ビート』があったからこそ、次に『隠蔽捜査』へ繋《つな》がったと断言してもいい。そのくらい『ビート』を書いた意味は大きかったのだ。

今だから言えるが、この作品は、実は絶対の自信作だった。これで結果が出なければ作家をやめてもいいとまで思っていた。大沢在昌が『新宿鮫』でブレイクする前に『氷の森』を発表して、これで売れなかったら作家をやめようと思ったという、それとほぼ同じ感覚だったかもしれない。

しかし結果は、こちらの期待以上には売れてくれなかった。世の中とはそういうものなのだろう。ただし、売れはしなかったけれども、『ビート』を書いた意味はとてつもなく大きかった。

おそらく大沢もそうだったと思うのだが、その小説が売れる売れないにかかわらず、一度思いっきり力を込めたものを書いてしまえば、次は自然と肩の力が抜けているのだ。どうしてなのか、私なりに理屈づけると、というか私の場合はと言ったほうがいいか。心底力を込めたものを一回やってしまうと、ぶっちゃけ、もう嫌になってくるのだ。

『ビート』は警察小説の形を借りた家族小説で、親子の関係はもちろんだが、その他の登場人物たちの関係性もびっしりと密度濃く描いてある。テーマにしても、家族問題、警察組織、ダンスと、あれやこれやいろんなものを、詰め込んで詰め込んで、「どうだこの野郎」とばかりに、ドンと出したものだった。これでは疲れるのは当たり前だ。もうこんなに疲れることは二度としたくない。そんな思いを抱えると、次からは悪い意味ではなく、この箇所はもう書かなくてもいいだろうと分かってくるのだ。自分が見えていないものは書かなくてもいいのだと。そのほうが、読者は想像力をめぐらせてくれることも分かってきた。

これはあくまで極論だが、だらだらと書いていても面白いものが出来上がる、というのが最高の小説家なのかもしれない。本人はだらだらのつもりでも、読んでみるときちんと仕上がっている。そういう職人に私はなりたいのだ。

今でこそ私は、プロットをさほど定めずに書き出しているのだが、以前はがちがちに決めこんでおかないと不安なタイプだった。ノベルスでも構成をきっちりと作り、A4用紙で二枚ぐらいびっしり書いて結末までしっかり考えていた。今はとりあえず書き始める。ミステリーの場合は、犯人のことまで想定していないことが多い。というよりも、後半五十枚で誰でも犯人に仕立てられる――とまあそんな変な自信がある。こういう自信は、量産してきた作家でないと持てないと思う。

かように、作家としてのターニング・ポイントは一に『蓬莱』、次いで『ビート』であったのは間違いない。私生活では一九九八年に結婚して、九九年には空手の流派から独立をし、自分の団体を発足させたのが大きな転機だった。一念発起して始めたのはいいが、最初はやはりおそるおそるで何もかもが手探り状態だった。それが今や中目黒本部を始めとして、東京、大阪、福山、岐阜、それにロシアと支部が各地に誕生するまでになったのだ。『虎の道　龍の門』という作品で、空手組織と空手道場の理想形を描いているのだが、自分の理想とするものをこんなふうに形にしておくと、いつかはそこに近づいていくものだなと改めて思った。これもひとつの「言霊《ことだま》」と言ったらよかろうか。

ともあれ、いろいろな意味合いで、私のターニング・ポイントは、ミレニアム二〇〇〇年前後に訪れている。だがそれは、私の生き方同様にゆっくりとした変化であって、いきなりすべてが変わってしまったというものではない。

ところが、ある時、すべてが一夜にして変わったのだった。

■〝新人賞〟を受賞

二〇〇六年、『隠蔽捜査』で吉川英治文学新人賞を受賞する。

文章にしてしまえば、たったこれだけのことではあるが、そこには万斛《ばんこく》の思いが詰まっているのだった。本当に、まさか賞なんて二度と縁がないだろうと諦《あきら》めきっていた。何せ、デビューしてほぼ三十年だ。自分の現況、立ち位置ぐらいはわきまえているつもりだ。

またこの賞は、直木賞などとは違って、候補作を事前に発表しないのだが、ある方がこっそり教えてくれたのだ。しかし、その言い方が「あのう、新人賞なんですが、いいですか？」と恐縮した感じだったので、こちらはもう、「とんでもありません、本当に有り難いことです」と大慌てだったのを覚えている。

デビューしてから一切賞には無縁だったので、もちろんとれるとは思っていなかった。ただ、候補になることで、多少は注目を浴びるかもしれないとは考えていた。

この作品は、新潮社の担当者が「官僚小説、面白いから書きましょうよ」と言ってくれたのが最初で、官僚ならそれまでにも陣内《じんない》や内村《うちむら》（作中人物）を書いていたし、自分のなかでも面白いと思った。官僚の種類を一から調べ直すのもたいへんだし、よく知っている警察官僚でいこうかと、結構軽いノリでスタートしたのだと思う。それができたのは、やはり『ビート』が前にあったからだ。繰り返すが、『ビート』がなければ『隠蔽捜査』は書けなかっただろう。

受賞の報《しら》せは自宅で受けた。実を言うとその瞬間のことはほとんど覚えていない。とにかく嬉《うれ》しかった。嬉しくて嬉しくて、これまでお世話になった方々のことは一瞬どこかへ飛んでしまっていたと思う。そのぐらい私にとっては、大変なことだったのだ。

そんな私の嬉しさ、受賞したことを私以上に喜んでくれたのが大沢だった。奴はもう忘れていると思うけど、受賞作品の記者発表の日に、ホテルで選考委員だった大沢と出会って、ふと顔を見合わせたとき、彼が涙ぐんでいたのだった。

あのときは、ちょっと感動しましたね。

評論家のどなたかが、「デビュー三十年のベテラン作家が新人賞というのはおかしい」と仰《おっしゃ》っていたようだったけれど、おかしくたって何たって嬉しいものは嬉しい。賞と名のつくものを貰《もら》ったのはこれでふたつ目《め》だったが、その両方とも〝新人賞〟だというのが、またいかにも私らしいではないか。

しかし、この受賞で生活が一変したかというと、決してそんなことはなかった。品切れだった本の再文庫化がぼちぼちとあって、経済的には少し楽になったが、仕事のペースには変わりなかった。

劇的な変化が訪れたのは、やはり山本周五郎賞だ。

二年後の二〇〇八年。《隠蔽捜査》シリーズの第二作『果断』が候補となり、発表の日は自宅リビングルームで待っていた。吉川新人賞のときは新潮社のAとふたりだけだったが、今回は他社の編集者もいて、総勢十人近くが集まってくれていた。何やら話には聞いていた「受賞の報せ待ち」のイベントが始まっていたのだ。

連絡はAの元に入ることになっていたが、リビングルームでテーブルを囲んで何もしないわけがない。当然、酒を飲んだ。馬鹿話もする。このときもガンダム話で盛り上がって、Aのケータイが震えているのに誰も気がつかなかったくらいだった。ところが、それに気づいた途端、一瞬にして静寂が訪れた。Aは芝居っ気たっぷりにおごそかに取り上げ、部屋の片隅に行くと、これがもの凄《すご》く暗い表情で相手と話し始めたのだ。「それで間違いないですね。お伝えしますよ」と言っている声が聞こえた。「ああ、これは落ちたな」と思った。

やがて通話を終えた彼が戻ってくる。固唾《かたず》を飲んで待ち構えているわれわれの前で、

「今野さん、おめでとうございます」

とのひとことが。

その瞬間、空気が弾《はじ》けた。

わずか十名ほどだったが、歓声とも怒号ともつかない、「ワォーッ」という雄《お》叫《たけ》びは終生忘れない。一緒になって喜んでくれる編集者がこんなにもいるのだと、とんでもなく熱い気持ちが込み上げてきたのだ。

だが、すぐにホテルオークラへ駆けつけて、受賞の挨拶《あいさつ》をしなければならなかった。ご丁寧に、「車だと渋滞があるかもしれませんので電車で来たほうが確実ですよ」との御指示まであった。このとき、実は足の裏を切開していて、歩くのにちょっと不自由をしていたのだった。それでも一生懸命、「痛い、嬉しい。痛い、嬉しい」とつぶやきながら駆けつけ、無事に記者会見を終えることができた。

さらにこの二日後、今度は日本推理作家協会賞の選考会があった。こちらはこちらで、通常とはまったく違う稀有《けう》なシチュエーションだったので、気持ちの整理も余裕もまったくつかない状態にあった。というのは、推理作家協会賞（長編部門）の選考が行われていた同じホテルで、私は江戸川乱歩賞の立ち会い理事を務めていたのだ。隣の部屋で自分の作品が候補になっている選考会が開かれている。これはこれで、なかなかあやしい気分になるものだと思った。

作家連中からは一勝一敗でいいじゃないかと言われたが、そういう問題ではない。選ぶほうだって隣に私がいるのは承知なのだから、どちらもスリリングな状況だ。しかし、こういうときに限って、自分が立ち会っている乱歩賞の選考が揉《も》めに揉め、「ああでもないこうでもない」と落ち着く先がまったく見えないのだった。このままでは埒《らち》が明かないと一旦《いったん》休憩をとることにし、ひと休みしていたそのとき、協会の事務を担当しているT女史がドアから顔を覗《のぞ》かせて、選考委員たちの前で、こう告げた。

「おめでとうございます。今野さん、受賞なされました」

それからはもう胸がドキンドキンと脈打って、不謹慎ながら、「こっちの選考などどうでもいい、早く決めちゃいましょうよ」という気分になっていた。

ここからが本当に変わったと言えるだろう。

まさしく狂乱の日々が訪れるのである。

■忙しさによる身体の変調

それまで、自分ではそれなりに結構忙しい日々を送っていると思っていた。もちろん、超がつくほどの忙しさではなかったが、そこそこには慌ただしい日々を過ごしていたのだ。かりにもう少し多忙になったとしても、十分対応できるだろうとも思っていた。

とんでもなかった。

とにかく忙しさの度合いが桁違《けたちが》いだった。まずは締切りの本数が急激に増えたことだ。今までにはなかった雑誌連載の依頼が、次々と舞い込むようになったのだ。仕事が増えるのは喜ばしいことであり、また編集者の顔を見ると無下に断るわけにもいかず、はいはいと引き受けていたら、いつの間にかにっちもさっちもいかなくなっていたのだった。

だいたい受賞作の『果断』にしても書き下ろしであり、これを書いた当時は連載などはほとんどなかった。それが一夜にして逆転し、今度は書き下ろしにあてる時間の余裕がまったくなくなってしまったのだ。

連載の原稿というのは、掲載誌によってまちまちだが、一回分が三十枚から八十枚程度だ。とはいうものの、一本一本が全部違う作品なので、そのたびに頭の切り換えをする必要がある。書き下ろしの三百枚と連載何本分かの三百枚では、同じ枚数でも疲労度から何からが全部違う。しかもそれぞれにデッドラインは必ず訪れる。のんびりとは書いていられないのだった。

書きながら、「この話はここが落としどころだな」だとか、その場で考え、処理をしていく。そうしないと、とても追いつかない。幸い、量産を続けた時期があったので、物語の起伏やツボは身体《からだ》にしみついている。同時進行で書き上げる各社の原稿の字数、枚数をぴったりにするというのも、大学時代のアルバイトを思い出せば、これもさほど苦にはならなかった。しかし毎月毎月、いや毎週毎週、時によっては毎日毎日と、こんなにも締切りに追われる生活などしたことはなかった。

これに加えて新聞、雑誌、小説誌の取材とインタビューをこなし、編集者からの電話を受け、打ち合わせをする。友人、知人からのお祝いの電話もある。私的な部分では空手に棒術に整体など、責任が重くなればなるほど、やらなければならない仕事や雑用は膨れ上がる一方だった。何より参ったのは、書く時間を一定に保てないことだった。日常のリズムが完全に崩壊してしまったのだ。

生活は激変した。

すると、そのうち身体の調子もおかしくなってきた。目一杯走り続けてきた反動なのだろうか。

年に二回、今野塾では合宿を行うのだが、その合宿中体調に異変がおこり、水も飲めない状況になってしまった。どうにか二泊三日の指導を終えたのだが、そのまま病院へ直行、即入院となってしまったのだ。

ところが病院での検査の結果は〝食道潰瘍《かいよう》〟というものだった。原因は不明。医者は、「こんなの見たことがない、食道に潰瘍なんて出来るものじゃない」と言うのだが、現実に私の身体の中に出来ている。早く何とかしてほしいのだ。

とはいえ、苛々《いらいら》しても始まらない。私は二週間の入院の間、半ば自棄《やけ》気味に、検査を終えると、あとはひたすら寝ることにしたのだった。それが私のやるべきことだった。おおいなる睡眠が効いたのか、なんと食道潰瘍が見事に治ってしまったのだ。

人間の身体は不思議だといわれるが、実際のところはどうなのだろう。私の場合は、激変した生活に合わせるべく無理に無理を重ねた結果、身体が悲鳴をあげてSOSのサインを出したようだった。要するに過度のストレスからくる変調だ。しかし、そのストレスが解消されてしまうと、身体はもとに戻る。この現象自体は当たり前のことなのではないかと思うのだ。

私が思う人間の不思議さは、あれだけきつかった日常にそのうち慣れてきて、何でもないと感じるようになることだ。しかも連載の数はさらに増えてきたにもかかわらず、いつの間にか平気でこなしていくようになっていた。人間とは、かくも順応してしまうものなのか、慣れるとは恐ろしいと、われながら驚いたものだ。ただ、単純に比較はできないけれども、空手でも同じようなことがあり、要はトレーニングの蓄積が、困難の克服に対して重要な要素となるのかもしれない。

だからこそ立ち止まりたくはない。どれほど仕事が増えても、それに慣れきってしまうのが怖いのだ。

ある落語家の言葉だが、「あの人の芸は変わらないね」と言われるのは、実は進歩している人なのだという。「あの人駄目になっちゃったね」というのは、退歩というよりも以前と変わっていない人なのだそうだ。

私はいつまでも「変わらないね」と言われたい。現役でいるかぎり日々トレーニングを積んで、少しずつではあっても冒険をし、前に進んでいきたいのだ。

私にとっては次に書くものが大事で、常に次の作品が代表作になると思っているからだ。

■できすぎた人生

執筆パターンは昔から、あってないようなものだった。時間はバラバラで、どちらかといえば夜型だ。集中して一気に書くことが多い。

酒の好みも変わっていない。アイリッシュ・ウイスキーのブッシュミルズだ。ジャック・ヒギンズを読んでかっこいいと思って飲んだのがきっかけだった。朝まで飲むのが普通だったが、最近はセーブするようにしている。それでも、週に五日は飲んでいるが。

タバコは一日一箱ぐらいで、マルボロライトメンソールを、かれこれ二〇年ほど愛煙している。サックス奏者の峰厚介《みねこうすけ》に憧れて、峰を吸ったり、刑事コジャックをまねて、モアを吸っていたこともあった。

受賞を境に大きく変わったことのひとつに、昔の作品の再文庫化がある。これは本当に有り難かった。

作者として、昔書いたものが市場から消えていくのは悲しいもので、だからといって自分ではどうすることもできない。私のノベルス時代の小説も、ほとんどが品切れ状態となっていて、書店で見かけることはなかったのだ。それが次々と復刊されていったのだ。本当に、このときほど、「量産していてよかったな」と自分を褒めてあげたことはない。

だがそれ以上に嬉しかったのは、私の昔の作品を今の読者が再評価してくれたことだ。ということは、ノベルスを次から次へと書いていた時代の作品も、やはり面白かったのだと考えていいわけで、改めて自信を深めたものだった。

それから、もうひとつの大きな変化は、経済的な余裕が少しはできたこともあるのだが、小説以外にも新たにやりたいことが、ムクムクと頭をもたげてきたのだ。

まず、「78LABEL」という音楽のネットレーベルを作ったのがそうだし、電子書籍を自分の思い通りの形にして提供し始めたのもそうだ。自分でプロデュースし、スタジオに入って、キューを振る。それはかつて東芝EMI時代に経験した、仲間と一緒に何かを作るという作業の集大成であるような気がした。夜中にひとりで小説を書いていると、そういった共同作業が何とも羨《うらや》ましく、同時に懐かしくもなるのだった。

ご承知かとは思うが、私の小説——特にミステリーは、事件の謎《なぞ》を解くというよりも、ほぼ人間関係のあれやこれやだけで成り立っている。しかも結末はすべてハッピーエンドだ。集団で動き、何事かを成すという話が好きなのだ。それは自分の資質でもあるような気がする。みんなで頑張って、紆余曲折《うよきょくせつ》はあっても、最終的には上手《うま》くまとまる。このスタイルが私の小説なのだ。作家には色々なタイプがあってよい。私は船戸与一のような小説を読んで、「凄《すげ》えなあ」と思うし、「ああこういうものを書いてみたい」と迷ったこともある。

だけど私の役目、役割は何だろうと考えるときに、何度も言うようではあるが、読んだあとで、ちょっぴりでもいいから元気を出してもらえればいい。そのような作品を書くことが自分の役割であると決めたのだ。だから今はもう迷わない。

それにしても、こうして振り返ってみると、改めて自分はできすぎた人生を送ってきたなという気がする。考えてみれば、死ぬほど大変な苦労など背負ったことがないのだ。高校、大学、会社員時代といつも仲間に恵まれ、彼らがいてくれたからこそ、ここまでやってこられた。

このできすぎの人生、もうちょっと頑張って、読者を元気にする小説を書き続けていきたいと思う。

特別書き下ろし短篇

「初任教養」

1

「気合いだ。気合い」

同じ班の、下平裕作《しもひらゆうさく》が言った。「試合の勝ち負けは時の運だ。それよりも、どれくらい気合いが入っているかを、教官たちに印象付けるんだ」

下平は、実に生真面目《きまじめ》なタイプだ。

それを、冷ややかに眺めているのは、やはり同じ班の速水直樹《はやみなおき》だ。

「時の運なんかじゃない」

速水は言った。「勝ち負けは、実力だよ」

下平が、少しばかりむっとした顔で速水を見る。だが、速水は平気な顔だ。

「勝つんだ」

安積剛志《あずみつよし》が言った。「何が何でも勝つ。負けることなんて考えるな」

速水が、呆《あき》れたようにかぶりを振る。

「向こうには、大学柔道部出身者がいる。実力差は埋めようがないだろう。そう熱くなるな」

安積は、ひるまない。

「柔道部が何だ。必死になれば、やってやれないことはない」

術科の柔道の授業で、班対抗の練習試合をやることになった。

私たちと当たる班には、速水が言ったとおり、大学柔道部出身者の前島《まえじま》がいた。

術科というのは、警察官が学ぶ柔道、剣道、合気道、逮捕術、そして射撃などの訓練のことだ。

練習試合は五人一組の団体戦だ。

下平が安積に言った。

「オーダーを決めてくれ」

安積は、迷わずに言った。

「俺たちの班で、一番実力があるのは速水だ。だから、速水が大将でいいだろう。俺が副将をつとめる」

「待て待て」

速水が言った。「勝ちたいんだろう？」

安積がこたえる。

「もちろんだ。絶対に負けるのは嫌だ」

「だったら、大将は俺じゃない」

安積が速水の顔を怪訝《けげん》そうに見つめた。

老朽化しつつあると言われている中野の警視庁警察学校だが、私から見ると、威厳があり、多くの警察官を生みだしてきたのだと実感できる。

私は、この四月に警視庁巡査を拝命して、警察学校にやってきた。大卒相当のⅠ類採用だ。

同期入学者のうち、Ⅰ類採用が、男女合わせて約一千人だ。短大卒業相当のⅡ類採用が、約八十人、高校卒業相当のⅢ類採用が、約三百人いる。入学者が全員講堂に集まると、それは壮観だった。その日から、六ヵ月に及ぶ初任教養が始まった。

ちなみに、Ⅱ類とⅢ類の初任教養は、十ヵ月間だ。

この間、私たちは全員、寮に寝泊まりする。授業は、教場ごとに行われる。教場というのは、普通の学校で言うクラスのことで、それぞれに教官と助教がいる。教官は警部補、助教は巡査部長だ。

さらに教場は、五人から六人の班に分けられる。この班ごとに、寮の学習室を使うことになるので、ほぼ四六時中顔を合わせる仲間ということになる。

警察学校では、この班ごとの行動が基本となる。教場での座学の他《ほか》に、班別討議が行われる。

時事問題や教訓となる過去の事例などをテーマに、班ごとに討論するのだ。

同じ班にどんなメンバーがいるかで、警察学校の印象がずいぶん違うと言われている。まあ、いい意味でも悪い意味でも、印象に残る班だと、私は思う。

安積が、速水に尋ねた。

「じゃあ、誰が大将なんだ？」

速水が、内川靖《うちかわやすし》を指さした。

私は驚いた。誰が見ても、班の中で内川が一番弱い。内川は、小柄でひょろりとしており、お世辞にも体力があるとは言えなかった。

柔道は、警察学校に入って初めて経験したと言っていた。いや、柔道に限らず、おそらくスポーツの経験がなかったに違いない。

警察官を志望する者は、圧倒的に運動部の経験者が多い。体力がなければ、勤まらないからだ。

内川は、珍しいタイプだ。

速水は、その内川を大将に指名した。

生真面目な優等生タイプの下平が、速水に尋ねた。

「どうして、内川が大将なんだ？」

速水がこたえた。

「向こうは、当然、大学柔道経験者の前島を大将に持ってくるだろう。そこに強いやつをぶつけることはない。いいか、団体戦は、五人のうち三人勝てば勝利なんだ。俺が先鋒《せんぽう》で行く。先に勝ち星を上げておけば、戦いは楽になる」

「姑息《こそく》なことをして勝ってもしょうがない」

安積が言った。「正攻法で戦って勝つから意味があるんだ」

速水は顔をしかめた。

「勝ちたいと言ったのはおまえだ。俺は勝つための作戦を考えたんだ」

「勝ち方が問題なんだ」

「おまえの、その熱血漢ぶりには呆れちまうよ。正面からぶつかっても勝てないことがある。それでも勝ちたいのなら、頭を使うことだ」

この一言に、安積も折れた。結局、速水が組んだオーダーが採用されることになった。

柔道の指導教官が、私たちの班と相手の班を呼び出した。

「先鋒、前へ」

速水が試合場に歩み出た。次の瞬間、私たちは、全員、心の中で「あっ」と叫んでいた。

敵の先鋒は、大学柔道部出身の前島だった。

前島は、かすかにほほえんでいるように見える。

私は隣にいた安積にささやいた。

「裏をかかれたかな……」

「いや」

安積は、横一列に並んで座っている敵の布陣を見て言った。「相手は、強い順番に並べてきたんだ。団体戦では、そういう組み方もある」

速水は、健闘したが、やはり実力差はいかんともしがたい。相手は内股《うちまた》で見事に速水を投げた。一本勝ちだった。

次鋒は、優等生タイプの下平だ。相手は、安積が言ったとおり、二番目の実力者が出て来た。

これは、あっけなく相手の勝ちだった。すでに星を二つ取られた。あと一つで相手の勝ちとなる。

もともと、先鋒の速水、中堅の私、副将の安積で三つの勝ち星を狙《ねら》うという作戦だった。

私は、必死で戦った。お互いに技ありを一つずつ取り、時間ぎりぎりで有効を取った。なんとか、優勢勝ちをおさめることができた。

副将戦は、安積だ。

安積らしい、熱い戦いだった。彼は、その言葉のとおり、持てる力を最大限に発揮して戦った。

相手が投げを打ってきても、必死でくらいついて、それを許さなかった。そして、体落《たいお》としで有効を取り、そのまま押さえ込みに入った。相手はもがいたが、安積は決して逃がさなかった。時間が経過し、合わせ技一本で安積が勝利した。

団体戦の成績は、これで二対二だ。計らずも大将戦に持ち込まれた形だった。

内川は、青くなっていた。緊張のためだろう。すでに、相手に呑《の》まれている様子だ。

安積は、汗まみれで息を切らしながら戻って来て、内川に言った。

「必死に食らいつけ。負けると思うな」

内川はうなずいた。

速水が言った。

「内川、そう入れ込むなよ。たかが、術科の授業だぞ」

安積が速水を睨《にら》んで言った。

「相手が、凶悪犯ならどうする。常にそういう気持ちで立ち向かうことが大切なんだ」

「ふん、熱血漢だねえ……」

指導教官の声がした。

「大将、前へ」

向こうも一番格下だ。

だが、体格も体力も段違いだった。内川はあっという間に技ありを二つ取られて負けてしまった。

内川は、打ちひしがれた表情で戻って来た。彼は、小さな声で言った。

「すまない……」

安積は何も言わなかった。悔しそうだった。彼は、本気で勝つつもりだったのだろう。

速水が言った。

「気にするな。言っただろう。たかが術科の練習試合だ」

安積と速水は、いつも張り合っていた。

術科でも、二人はライバルだった。

大学の部活経験者は別格として、速水と安積も、それなりの成績を残していた。

柔道では明らかに安積よりも速水が上だった。

一方、剣道では、安積のほうが一枚上手だ。

初任教養では、バイクの少ないバイクを使った講習もあり、速水はダントツの成績だった。バイクの扱いについては、安積は速水に遠く及ばなかった。

だが、意外なところで、安積は実力を発揮した。

拳銃《けんじゅう》訓練だった。

たいていの者が実弾を撃つのは初めてのはずだ。安積もそうだと言っていた。

だが、安積は驚くべき命中率を見せつけた。指導教官も目を丸くするほどだった。

聞くと、安積はモデルガンが好きで、ＢＢ弾の射撃に慣れているのだということだ。だが、モデルガンと実銃は、明らかに違う。

やはり、天賦の才があるとしか思えない。

いつもクールな速水も、拳銃訓練の際の安積の命中率を見て、明らかに悔しそうな顔をしていた。

五月の体育祭でも、彼らは張り合った。

体力や身体能力は、速水のほうが上だが、なにしろ、安積はがむしゃらだ。その熱意が体力や身体能力の不足を見事に補っていた。

班別討議でも、彼らはぶつかり合った。

優等生の下平が無難な結論に収めようとするが、常に安積が納得しなかった。

彼は、もっと突っこんだ議論を求めるのだ。

あるとき、速水が、それを揶揄《やゆ》するように言った。

「どんなに議論したところで、結論が変わるわけじゃない」

　安積は速水に食ってかかった。

「結論は、変わる。さらに、議論を深めることで、物事に対する考え方が深まるはずだ。言われたことをただやるだけではだめだ」

　どこか醒《さ》めている速水に対して、安積はいつも熱かった。

　私も、時々思うことがあった。何をそんなに入れ込んでいるのか、と……。

　だが、月日が経《た》つうちに、この二人が我々の班にとって、ありがたい存在だということがわかってきた。

　二人が張り合うことで、自然に私たちも引っぱられる。警察学校では、何かと競争が多い。それは、教場ごとの競争であったり、班ごとの競争であったりする。

　安積と速水に引っぱられたわが班は、教場の中で、常にトップクラスであり、勢い、我々の教場の成績も上位だった。

　もっとも、二人は仲がいいというわけではなかった。

性格は正反対だし、安積の真っ直《ます》ぐな意見を、速水はいつも茶化していた。

安積は、誰とも分け隔てなく付き合っていた。……というより、他人のことをあれこれ考えている余裕などないという感じだった。

彼は、自分のことで精一杯だったのかもしれない。それだけ、一所懸命だということなのだろう。

一方、速水は何事につけ、シニカルなくせに、安積のことだけは無視できない様子だった。

どちらかというと、速水のほうが安積を気にしているようだ。

警察学校の訓練は厳しく、覚えることが山ほどある。日々は瞬く間に過ぎて行った。

そして、入学から三ヵ月ほど経った頃、私は、内川の様子が気になりはじめていた。

もともとおとなしいやつだったが、ますます無口になり、しきりに考え込むことが多くなってきた。

食も細くなってきたように思える。大学を卒業したばかりという若さだし、毎日訓練でしごかれる。教官に「体に悪いからゆっくり食え」と言われるが、どうしても飯をかき込み、瞬く間に平らげてしまう。

誰もがそんなふうになるのに、食が細くなっていくのは異常だった。

私は、内川がいないところで、安積にそっと言った。

「なあ、内川の様子、おかしいと思わないか？」

「おかしい……？　どういうふうに？」

「妙におとなしい」

「もともとおとなしいやつじゃないか」

「ふさぎ込んでいることが多いように思えるんだ」

「本人が何か言っていたのか？」

「いや、そうじゃないが……」

「相談されたわけじゃないんだろう？」

「されてない」

「だったら、気にすることはないんじゃないか？　誰だって、考え事くらいするだろう」

「悩みがあるんじゃないかと思う」

すると、安積は驚いた顔になった。

「悩みくらい、誰にだってあるだろう」

このとき、私は気づいた。

安積は強い男なのだ、と。

そして、そのことを自覚していない。誰もが、彼と同じくらい強くいられるのだと考えているに違いない。

それを批判するつもりはなかった。これから私たちは、警察官としての人生を歩んでいく。そのために、強さは必要不可欠なのだ。

そして、同じ強さを仲間に求めることも必要だ。もしかしたら、仲間に自分の命を預けるようなことがあるかもしれないからだ。

頼りない同僚では困るのだ。

そういう意味では、安積は実に警察官向きの男かもしれないと、私は思った。

思えば、安積は入校したときから、はっきりと自分の目標を持っていた。警察官を志した動機を教官に尋ねられたとき、安積は迷いもなくこう言ったのだ。

「自分は、強行犯係の刑事を志しております」

まあ、何となく刑事になりたいと思っている者は少なくないだろう。だが、ここまできっぱりと言ってのける者はいなかった。

小学生ではないのだ。

実際に巡査を拝命してみると、刑事になるのはたいへんだと思ってしまう。

私などは、公務員になったのだから、できれば楽な部署に行きたいと思う。警察学校を卒業すると、まず所轄の地域課に配属されることになるだろう。

そこで、ハコバン、つまり交番のお巡りさんを経験するわけだ。

下平などは、できれば早いうちに総務、警務といった管理部門に行きたいと言っていた。それが出世コースなのだ。

私も下平ほどではないが、できれば事務仕事がいいと、漠然と考えているほうだった。

安積は、私たちとはまったく違った。おそらく、子どもの頃からの夢なのだろう。普通の人は、成長するに従い、そういう夢を諦《あきら》めたり忘れたりしてしまう。

だが、安積は子供の頃の夢をそのまま実現しようとしているに違いない。

そして、わが班にはもう一人、安積と同じく明確に志望を語る者がいた。

速水だ。彼は、教官の同じ質問にこうこたえた。

「自分は、交機隊で白バイに乗ります」

教官は、にやりとしつつさらに質問した。

「いつまでも白バイに乗っているわけにはいかんぞ。警察官の人生は長い。白バイを降りることになったら、どうする?」

「交機隊の小隊長として、パトカーに乗ります」

「なるほど。だが、いずれにしろ同じことだ。現場を離れなくてはならなくなるぞ。そのときは、どうする?」

「交通部で交機隊や高速隊を指揮する立場になります」

教官は、ついに笑い出した。

「交通部のことしか考えていないのか?」

「はい」

「なぜだ?」

「白バイとパトカーが好きだからです」

今思うと、この二人が張り合うのは必然だったかもしれない。

彼らは、いい意味でも悪い意味でも、子供のようなのだ。

安積は言った。

「内川だって、妙に気を使われたら迷惑だろう。放《ほう》っておいてやればいい」

相談する相手を間違えたかもしれないと、私は思った。

2

ある日のこと、班別討議のときに、下平が内川に言った。

「何も発言しないな。討議に参加していないのと同じことだぞ」

内川は、しばらくうつむいていたが、やがて決心したように顔を上げて言った。

「俺、学校を辞めようと思う」

安積は、心底驚いたという顔になった。

下平も驚いている様子だ。

だが、私は驚かなかった。内川がこう言い出すのは、充分に予想できたことだ。

下平が言った。

「学校を辞めるというのは、警察官を辞めるということだぞ」

内川は、再びうつむいた。

「わかってるさ」

「学校の生活も三ヵ月が過ぎた。半分終わったんだぞ」

「まだ、半分残っている。とても耐えられない」

「何を言ってるんだ。せっかく三ヵ月、頑張ってきたんじゃないか」

「もう、限界なんだよ。俺は、警察官には向いていない。体力もなければ、気力もない」

私も、なんとか内川を元気づけようとした。

「残りの三ヵ月なんて、あっという間だ。たった三ヵ月頑張ればいいんだ」

内川は何も言わず、うつむいている。

口には出さなかったが、私は密《ひそ》かにこう思っていた。

うちの班から脱落者が出るなんて、印象が悪くなるな、と……。

下平が言った。

「せっかく警察官になれたんだ。今辞めるなんて、ばかばかしいじゃないか」

内川がうつむいたまま言う。

「学校だけのことじゃないんだ。俺は、警察官をやっていく自信がなくなったんだ。初任教養で学ぶことは、警察官としての基礎の基礎だ。それにすらついていけないのなら、実際の現場でちゃんと働けるはずがない」

私は、何と言っていいかわからなくなった。

そのとき、速水が言った。

「ふん、辞めたいと言っているんだから、辞めさせてやればいいだろう」

私は、この言葉に驚いて速水の顔を見た。

なんということを言うやつだ。そんな思いだった。しかし、その表情を見たとき、私は速水を責めることができなくなった。

速水は、ひどく悔しそうな、そして悲しそうな顔をしていた。彼は、続けて言った。

「自分が警察官に向いていないと気づいたのなら、手遅れにならないうちに、他の道を見つけることだ。警察官だけが人生じゃない」

冷淡なように聞こえるが、これが速水の優しさなのだと、私は思った。

だが、安積はそう思わなかったようだ。彼は速水に食ってかかった。

「向いていようといまいと、一度は警察官を志したんだ。それを全うしなければならない。俺たちはもう学生じゃない。給料をもらって学校に通っている。その責任があるはずだ」

速水が言った。

「職業選択の自由は、憲法で保障されているんだよ。本人が嫌だと言っているものを、無理やり続けさせることはない」

「誰だって、物事に嫌気がさすことがある。そのたびに放り出していたら、何をやっても勤まらない。内川だって、それなりの考えがあって警察官を志したはずだ。そのときの気持ちを思い出せばいいんだ」

「誰もがおまえみたいに単純じゃないんだよ。そして、誰もがおまえほど警察官になりたいと思っているわけじゃない」

安積が意外そうな顔をして速水を見た。

「妙なことを言うな。警察官になりたかったから、みんなここにいるんだろう」

速水が呆れたように言った。

「だから、おまえは単純だと言うんだ。おまえは自分が異常だということに気づいていないんだ」

「俺のどこが異常なんだ？　俺はいたってまともだぞ」

「異常な熱血漢なんだよ。そう、おまえは警察官になるべくして生まれてきたようなやつだ。だが、他のやつもみんなそうだと思ったら大間違いだぞ」

「おまえだってそうだろう」

「ああ、俺は白バイに乗ることしか考えていない」

「おまえだって単純じゃないか」

「そう。だから俺は警察官になるのを迷ったりしない。だが、内川も俺たちと同じとは限らないんだ」

内川も含めて、私たち三人は、二人のやりとりをぽかんと眺めていた。内川を励ましていたはずだが、いつの間にか速水と安積の言い合いになっていた。

安積が言った。

「辞めるのはいつでもできる。何も今辞めなくてもいいんだ」

「何かをやり遂げるには、それなりの強さが必要だ。だが、内川にはその強さがもともと備わっていなかった。そんなやつに、訓練を続けろというのは酷だ」

「みんな最初から強かったわけじゃない。強いやつというのは、過去にいくつもの苦難を乗り越えてきたやつだ。いつ乗り越えたかは問題じゃない。早いか遅いかも問題じゃない。内川は、今そのチャンスを迎えているのかもしれないじゃないか。今の苦しみを乗り越えれば、強くなれるんだ」

どちらの言い分にも一理ある、と私は思っていた。

速水が内川に尋ねた。

「安積はこう言っているが、本人はどう思っているんだ？」

内川は、おろおろとしていたが、やがて言った。

「みんなの足を引っぱりたくないんだよ」

速水が言う。

「足を引っぱるだって？」

「術科の授業のときもそうだった。班対抗で、練習試合をやったときのことだ。最後に出たのが俺じゃなければ、うちの班は勝っていたかもしれないんだ」

速水が言った。

「そんなこともあったっけな……。俺はよく覚えていない。誰も術科の授業での勝ち負けなんて気にしていないよ」

「俺は気にしたんだ。あれからずっと気にしていた」

「つまらんことを……」

「おまえにはつまらないことかもしれない。けど、俺には重要なことなんだ。同じことが、これからも何度も起きるかもしれない。この先ずっと、同僚の足を引っぱっていくことになるのかもしれないと思うと、それが恐ろしいんだ」

安積が言った。

「おまえは、俺たちの足を引っぱったりしていない。第一、俺は誰かが他人の足を引っぱるとか、考えたことがない」

本当に考えたことはないのだろうな、と私は思った。安積は、前しか見ていない。他人のことなど気にしている余裕はないのだ。

内川は安積に言った。

「いや、俺はみんなに迷惑をかけている。学校では、いろいろなことが比較される。その最小単位がこの班なんだ。俺がいると、みんなまで低く見られることになる」

「それは考え過ぎだ」

安積が言った。「班の成績も重要かもしれないが、一番重要なのは、個人個人の能力を伸ばすことだ」

個人主義の安積らしい一言だ。

速水は、もはや安積に反論しようとはしなかった。一人で何事か考えている様子だ。

内川が言う。

「おまえにはわからない。いつもみんなを引っぱって行く役割のおまえには、な……」

安積は、驚いたような顔で言った。

「俺はみんなを引っぱっているつもりはない」

「おまえは、速水も言ったとおり、警察官に向いている。だが、俺は向いていない」

「どうしてそう決めつけるんだ？　たった三ヵ月で何がわかるというんだ」

安積がそう言うと、それまでずっと無言で考え込んでいた速水が、内川に尋ねた。

「俺たちの足を引っぱるのが嫌だから、警察官を辞めるというんだな？」

内川はうなずいた。

「そうだよ」

「それは言い訳だろう。訓練のつらさに耐えられなくて逃げ出すんじゃないのか」

内川はむきになって言った。

「そんなことはない」

「本当か？」

「俺にだって意地はある。だから、訓練から逃げ出すわけじゃない。自分は警察官には向いていないことがわかっただけのことだ」

「安積は人のことなどお構いなしに突っ走るタイプだが、さっき言ったことは間違っていないかもしれない」

「さっき、安積が言ったこと……？」

「今が、苦難を乗り越えるチャンスなのかもしれないってことだ」

「俺はもう決めたんだ」

「訓練がつらくて、嫌気がさして、学校を辞めるというのなら、俺は止めない。だが、本当におまえが言うとおり、俺たちに気兼ねしてのことなら、もう一度自分を試してからにしたほうがいい」

「自分を試す？」

「秋の術科大会の前に、もう一度前島たちの班に、柔道の練習試合を申し込むんだ」

私は、この発言に唖然《あぜん》とした。

そんなことをして何になるのだろう。たしかに、私たちは三ヵ月間、みっちり術科の訓練を続けてきた。

大学柔道部出身の前島との実力差も、それなりに埋まっているかもしれない。だが、それだけのことだ。

大学で鍛え、試合経験も豊富な前島と私たちの間には大きな壁がある。その壁を乗り越えることはできっこないのだ。

下平が速水に言った。

「そんなことをして何になるというんだ。また負けてしまったら、よけいに内川を傷つけるだけだ」

「負けなければいい」

そう言ったのは、安積だった。「勝てば自信になる。そして、その自信が、将来の支えになるんだ」

速水が言った。

「とにかく、内川次第だな。本人がやると言えば、それで決まりだ」

下平が言った。

「班対抗ということは、俺たちも試合をしなければならないということか？」

「当然だ。あのときと同じメンバーでやらなきゃ意味がない」

「どうせ、やっても結果は同じだと思うけどな」

すると、安積が言った。

「やってみなければわからない。試合までに猛練習をすればいい」

私はそれを聞き、正直言って、ちょっとうんざりした。授業や訓練でやることは多い、日を追うごとに課題も増えていく。

その上、さらに柔道の特訓が加わるということになる。

だが、反論はできなかった。内川を何とかしたいと考えているのは、私も同じだ。そして、それについて明確な方策を打ち出したのは速水だけなのだ。

速水が、内川に尋ねた。

「さあ、どうする。おまえ次第だ」

内川はしばらく考えていた。

その頃には、私はどちらでもいいような気分になっていた。自分の班から脱落者が出るのは嫌だ。それを防ぐ手だてがあるのなら、協力すべきだ。

一方、内川が速水の提案を蹴《け》って、警察学校を辞めるというのなら、それも仕方がないことだと思いはじめていた。

速水が言うとおり、警察官だけが人生ではない。もっと自分に合った職業があるかもしれない。

警察官志望一筋の安積には、それが想像できないのだろう。

四人が内川の返事を待っている。やがて、内川が言った。

「わかった」

速水がうなずいた。

「よし、では、指導教官に頼んで、試合をやらせてもらおう」

「ただし……」

内川が言った。「もし、俺たちの班が負けたら、俺は警察学校を辞める」

つまり、五人のうち三人勝たなければ、彼は警察学校を、そして警察官を辞めるということだ。

なんだか、下駄《げた》を預けられたような気がしないでもない。だが、決まったからにはやるしかない。

私たち五人は、さっそく術科の柔道指導教官のもとに行った。教官室で横一列にならんで気をつけをする。速水が指導教官に申し出る。

「お願いがあります」

「何だ？」

「前島の班と、もう一度練習試合をさせていただくことを希望いたします」

指導教官は、「休め」と言ってから尋ねた。

「それはまたなぜだ？」

「自らを切磋琢磨《せっさたくま》するためであります」

「ほう。それは殊勝な心がけだが。どうして相手が前島の班なんだ?」

「彼らの班が一番の実力者だと思うからです。最高の相手に挑戦しなければ意味がありません」

指導教官は、にやりと笑った。

「リベンジというわけか。かつて、練習試合をやったときには、おまえたちはなかなか健闘したからな」

速水は、何も言わないで真っ直ぐ前を向いている。

このあたりの呼吸を心得ているのも、速水らしい。余計な言い訳はしないし、リベンジと言われて否定もしない。

すべての判断を指導教官に任せるというわけだ。

やがて、指導教官が言った。

「いいだろう。前島たちにも伝えておく。練習試合は、九月最初の柔道の授業で行う。それでいいな」

「はい。ありがとうございます」

3

その日から秘密練習が始まった。秘密とはいえ、柔道場に行くと、必ず誰かが練習している。私たちは、隅っこのほうで、稽古《けいこ》をした。

速水が内川に言った。

「いいか、一ヵ月でいきなり強くなろうとしても無駄だ。一つの技だけに集中して稽古するんだ。たった一つだ。それ以外のことは必要ない」

「たった一つ……？　それで勝てるのか？」

「どんな名選手も、得意技は一つか二つだ。さあ、余計なことを考えている暇はないぞ。すぐに始めよう」

速水は、内川に指導を始めた。彼が教えたのは、体落としだった。

私は、にわか仕込みの技が相手に通用するだろうかと、疑問に思った。

体落としは、相手に背を向け、一方の脚を伸ばし、相手をその脚でつまずかせるようにして投げる技だ。

巻き込むようにして投げるのがコツで、小柄な者に適していると言われている。たしかに、内川にはもってこいの技だ。しかし、相手の班だって、この三カ月で上達しているはずなのだ。

速水も熱心に内川を指導した。だが、それ以上に熱心だったのは安積だった。彼は、何本でも内川の相手をした。こういうとき、安積は情熱の塊だった。秘密稽古にそれほど長い時間を費やすことはできない。他にもやることは山ほどある。その短時間に、安積は眼《め》を見張る集中力を発揮した。

内川は、速水に言われたとおり、体落とししか稽古しなかった。乱取りでも、体落としだけで相手を投げようとした。

最初のうちは、速水や安積に、内川の技はまったく通用しなかった。だが、秘密練習を続けるうちに、やがて十本のうち一本、そして、そのうちに五本に一本、内川の体落としが決まるようになってきた。

さらに速水の指導が続く。

「力じゃない。回転の速度だ。体落としは巻き込む速さが勝負なんだ」

内川は、次第に技の感触をものにしていった。

あるとき、彼は言った。

「相手を引っぱっても無駄だということがわかってきた。相手に密着して、すとんと相手を腿《もも》のあたりに載っけてやる感じがわかってきた」

内川だけが強くなっても仕方がない。試合は団体戦だ。私と下平も、安積に引っぱられるように猛稽古を続けた。

八月になり、猛暑が続いた。道場はことさらに暑い。私たちの班は、毎日、汗まみれになって稽古をした。

最初のうちは、連日訓練をしていて体ができているにもかかわらず、ひどい筋肉痛になった。だが、いつしか筋肉痛にもならなくなった。

自分たちの体格が引き締まり、筋肉量が増えたのがわかる。体の切れもよくなった。

私たちは、順繰りに乱取りをした。当然、私も内川と組む。そのとき思った。

昔の内川ではない。いつのまにか、簡単には負かすことができない相手になっていた。三回に一度は、私のほうが内川の体落としを食らった。

私も、速水のアドバイスに従い、比較的得意だった内股を磨くことにした。

そして、九月がやってきた。最初の術科の授業。柔道指導教官が言った。

「今日は、班対抗の練習試合をやる。各班、自分にオーダーを提出するように」

いよいよこの日がやってきたのだ。

速水が言った。

「オーダーはどうする？」

安積が言う。

「おまえに任せる。この練習試合をやると言い出したのはおまえだからな」

「俺に責任を押しつけるのはよせよ」

「おまえに責任があるのは事実じゃないか」

「こういう場合は、責任を分担するものだろう」

「いや、誰かが責任を負うんだ。それが警察官というものだ」

安積のこの言葉に、速水は苦笑した。

「おまえは、本当に石頭だな」

二人がまた言い合いを始めそうだったので、私は言った。

「向こうはどう出てくるかな……」

その質問にこたえたのは、速水だった。

「前回は、強い順に並べて勝った。だから今回も同じオーダーで来るというのが常套《じょうとう》手段だが……」

安積が言った。

「相手に合わせることはない。こちらはこちらのベストのオーダーを組めばいい」

速水が安積を見た。

「俺に任せると言ったな？」

「ああ」

「本当に俺が組んだオーダーで文句は言わないな？」

「言わない」

「他のみんなもそうか？」

私たちはうなずいた。

「よし、それなら、こういう順番で行こう」

速水が発表したオーダーは次のようなものだった。

先鋒・安積
次鋒・私

中堅・下平
副将・速水
大将・内川
私は思わずつぶやいていた。

「内川が大将か……」

速水が言った。

「この練習試合は、内川のためにやるんだ。内川が大将をやらなければ意味がない」

私は、この言葉に納得していた。

「そうだな。速水の言うとおりだ」

下平が言った。

「向こうが、前回どおりのオーダーを組んできたら、大将が一番弱いやつということになる。そうなれば、こちらが有利かもしれない」

それに対して、安積が言う。

「相手のオーダーに期待してどうする。全勝するつもりでいくんだよ」

速水が苦笑して言う。

「そのためにはまず、先鋒のおまえが勝たないとな。さあ、行ってこい」

指導教官の呼び出しで、先鋒が前に出た。

相手は、前島ではなかった。敵はオーダーを変えてきた。

どうやら前島が大将のようだ。それが我々にとって吉と出るか凶と出るかは、まだわからない。

「始め」

指導教官の号令で試合が始まった。

安積らしい戦いだった。果敢に攻めて、相手に隙《すき》を与えない。悪く言えばがむしゃらだが、よく言えばきわめて積極的な戦いだ。

だが、相手もこの二ヵ月で腕を上げていた。なかなか技が決まらない。それでも、安積は攻め続けた。体力が底をつくことなど、まったく考えていないような戦いっぷりだ。

安積は、しきりに脚を絡めようとした。左右の小内刈《こうちが》りを連続してかけていく。

小内刈りは、内側から相手の脚を刈る技だ。相手の右脚に対して、自分の右足で、左脚に対しては左足でひっかけるように刈る。

相手は明らかに安積の猛攻を嫌がっている。

相手が下がった。安積は、そこで小外刈《こそとが》りにいった。

相手の右脚を、左足で外側から刈ったのだ。それが決まって、相手が尻《しり》をついた。

「有効」が宣言された。

それからも、安積は時間いっぱいまで攻め続け、優勢勝ちとなった。

まずは勝ち星一つだ。

選手控えに戻って来た安積は、汗びっしょりで、完全に息が上がっていた。すべての体力を使い果たしたように、ぐったりと座り込んだ。

速水が言った。

「言っただけのことはやったな」

安積は、ちょっと速水のほうを見ただけで、何も言わなかった。言い返す力がもう残っていないに違いない。

速水の口調は皮肉のように聞こえた。だが、それは本意ではない。私には速水という男がわかりはじめていた。

彼は、心を動かされたとき、わざと皮肉な口調でしゃべったり、憎まれ口を叩《たた》くのだ。

速水は、間違いなく安積の戦いっぷりに感動していたのだ。

私も一歩も引かないその戦い方に心を打たれていた。

次鋒は、私だ。

安積に負けないように、夢中で戦った。

相手は、私より小柄だ。だが、膂力《りょりょく》があった。引き付けられると、身動きが取れなくなる。

私は、相手を有利な体勢にさせまいと、激しく動いた。たちまち息が切れたが、連日の秘密練習のおかげで体力には自信がついていた。

相手が押してきたので、その瞬間に内股をかけた。相手の右脚を内側から右足で跳ね上げるのだ。

決まったと思った瞬間、それをすかされた。あっと思ったときには、逆に内股を掛けられ投げられていた。

「一本」

指導教官の声が響く。負けた。私は、歯がみしながら戻った。

「ドンマイ」

速水が言った。「いい戦いだったぞ」

中堅の下平も、いい攻めを見せた。

正統派の戦い方だ。足技で相手を崩し、投げに持っていこうとしている。

跳《は》ね腰《ごし》をかけようと、相手に背を向けたとき、押しつぶされるように床に崩れた。

両選手がもつれる。

「待て」がかかるものと思っていた。だが、その前に、相手の袈裟固《けさがた》めが決まっていた。

「外せ、外せ」

「逃げろ」

私たちは、我知らずのうちに叫んでいた。しかし、相手の固め技はがっちりと決まっており、下平は抜け出すことができなかった。

結局、袈裟固めで一本を取られた。

戻って来た下平は一言つぶやいた。

「すまん」

それにこたえたのも速水だった。

「惜しかったぞ。あとは、俺たちに任せろ」

ついに後がなくなった。

速水か内川のどちらかが負ければ、相手が勝ち星を三つ上げ、私たちの班の負けとなる。

そして、最後には前島がひかえているのだ。

速水は、まったく気負いのない表情で試合場に出た。

そして、まさに瞬殺だった。

「始め」の声がかかり、組み合った瞬間にくるりと反転して相手を背負った。

そのまま畳に叩きつける。

「一本」

速水は、汗もかかずに戻って来た。そして、内川に言った。

「さあ、大将戦だ。おまえの運命がかかっている。悔いのないように戦ってこい」

指導教官が呼び出した。

「大将」

内川が歩み出る。向かい側からは前島が出てきた。

前島は自信に満ちていた。万に一つも自分が負けることはないと考えているに違いない。

内川は明らかに緊張していた。

互いに礼をする。

指導教官が「始め」の号令をかける。

内川が、一声気合いを入れた。

前島は無言で対峙《たいじ》している。余裕の表情だ。

内川がしきりに組手《くみて》争いに挑んでいく。前島は、それを嫌わずに、内川が組みやすいように組ませた。

横綱相撲だ、と私は思った。どんな組手でも勝てる自信があるのだ。

その自信を見せつけるかのように、前島はあっという間に内川を出足払《であしはら》いで倒した。

「有効」

指導教官の声が響く。

仕切り直して、さらに戦いが続く。

先ほどと同様に、前島は内川が組みたいように組ませている。そして、左右に揺さぶったかと思ったら、内川の左脚に、自分の右足をかけて投げた。小外刈りだ。

内川は必死で背中から落ちるのを避けた。

「技あり」

これで、あと技あり以上を取られたら負けだ。

二人は、再び組み合った。

そのとき、安積が叫んだ。

「内川、おまえは負けない。負けないんだ」

内川は、一度組手を切った。前島は、すでに勝ったような表情だ。このまま時間切れでも勝ちなのだ。

内川は再びつかみかかった。前島の袖と襟をつかむ。その瞬間に、くるりと身を回転させて、体落としをかけた。

私たちは、「あっ」という前島の声を聞いていた。

前島の巨体が宙を舞う。

そして、その背中が畳に落ちた。

「一本」

私たちは、その瞬間に立ち上がり、歓声を上げていた。

相手の虚をついた見事な一本勝ちだった。

指導教官が、我々の班の勝ちを宣言した。

この練習試合は、意外な副産物を生んだ。術科大会の柔道の試合で、わが教場が優勝したのだ。

大会で大活躍した前島が、試合後、我々の班のもとにやってきて、内川に言った。

「わが教場が優勝できたのは、おまえのおかげだ」

内川は、目をぱちくりさせた。

「俺のおかげ……？」

「練習試合のときに、おまえは俺の慢心に気づかせてくれた。あれがなければ、俺は術科大会で実力を発揮することはできなかったかもしれない」

前島は、ぽかんとしている内川にうなずきかけてから、悠々と去って行った。

速水が言った。

「ふん、内川に負けたくせに……」

内川が学校に留《とど》まったのは言うまでもない。彼は、心の傷を克服し、残りの授業と訓練を全うした。

もうじき、私たちは、卒業式を迎える。

任地はばらばらになっても、この班の結束は変わることはないと信じている。
特に、速水と安積のことは決して忘れないだろう。
彼らが、この先どんな警察官になっていくか、容易に想像がついた。
入学のときの宣誓の言葉に次のような一節がある。
「何ものにもとらわれず
何ものをも恐れず
何ものをも憎まず
良心のみに従って
公正に警察職務の遂行に当ることを厳粛に誓います」
安積と速水は、きっとそれを体現する警察官になるに違いない。

（完）

「今野敏　その作品世界」

関口苑生

ベテラン作家が若手の作家と対談するときに、よく口にする言葉がある。特にエンターテインメント系の人がそうなのだが、とにかく「書け、書け、書け」というのだ。

今野敏にしても、第五回角川春樹小説賞を受賞した池田久輝《いけだひさき》との対談（「ランティエ」二〇一三年十一月号）で、作家一本でやっていくに際しての心構えを、「とにかく書くこと。年に最低でも三冊は書くことですね」と言い切っている。それも、駄作でも何でもいい、物語を幾つ終わらせたかというのがプロの仕事なのだと。「駄作を書くことを恐れずに、とにかく書いちゃうってことですよね。とにかく書け。駄作でもいいんだと思って書き始めたら、作家っておもしろいもんで、駄作は書けないんですよ。自分なりのすけべ根性って出てくるんで、ここはこうしよう、ああしようって出てくるんで。だから、あんまり高いとこ狙《ねら》いに行かないってことですよね」幾分かの誇張や韜晦《とうかい》はあるにせよ、これらの言葉はまさしく今野敏自身がおのれに強く言い聞かせ、実際に歩んできた経験に裏打ちされたものであったろう。

書くこと。書いて物語を終わらせること。そうやって今野敏は、三十五年の作家生活を歩んできたのである。

ただし、そんな彼も売れっ子作家になるまでの道のりは、はてしなく長く、遠かった。デビューは一九七八年。上智大学在学中に、「怪物が街にやってくる」で第四回問題小説新人賞を受賞してのことである。最初の単行本は八二年の『ジャズ水滸伝《すいこでん》』（のちに『奏者水滸伝　阿羅漢集結』として講談社文庫）だった。

特殊な能力を持った四人のジャズメンが、何かに引き寄せられるように集結し、カルテットを結成。やがてセッションをしながら、日本にはびこる悪の組織と対決するという破天荒な物語である。しかしこれが痛快無比極まりなかった。伝奇SFに拳法《けんぽう》アクションを加味した新機軸にも感心したが（初刊本の帯には〈ジャズ＋SF＋カラテ〉とある）、何よりも読んでいてわくわくドキドキし、最後には清々《すがすが》しさを感じたのである。これは凄《すご》いと思った。この混沌《こんとん》とした組み合わせから、どうしてこんなにも胸がすく小説が出来上がるのだろうと。

小説——それも伝奇小説とジャズというと思い出すことがある。伝奇小説の雄、国枝史郎《くにえだしろう》の言葉である。彼が自身の作品『神秘昆虫館』について語ったもので、「ある人が僕に云《い》った。〈この作はジャズですね。この作を読んでいると踊り出したくなります〉と。そうだ！　僕もそう思う、この作はジャズだと。この作を読んで踊り出さない読者はジャズという現代を風靡《ふうび》している音楽を知らない非現代人だと云ってよい。そうして僕は思うのだが、大衆文学そのものがジャズでなければ不可《いけ》ないと。生半可の大衆作家が、変にコダワッタ芸術作品を書く。これは邪道だ。それを生半可の純芸術家という輩《やから》が褒める。こいつは馬鹿だ。馬鹿と邪道人——つまり外道とが大衆文学を毒するや久しい。よろしくヤッツケるがいい。やっつける意味を多分に持って書いた作が、この『神秘昆虫館』だ」という、ちょっとぶっ飛んだ内容の文章だが、ここには彼なりの大衆文学観が披瀝《ひれき》されている。

文芸評論家・尾崎秀樹《おざきほつき》は、こうした国枝史郎の姿勢を、「芸術性にこだわることなく、エンターテイナーとして終始することは、彼の場合ひとつの生きかただった。彼は邪念を払って、それに徹底しようとつとめた」と指摘しつつも、早く書かないと空想がゆるむぞ、早く構想を組み立てないと思想が逃げるぞ、といった感じで、文章をちぎってぶつけているようなスタイルは、それがまた独自な世界を表現するにふさわしい形式であったと分析している。ジャズを思わせる文体というのも、それをさして言われていたのではないかと。

今野敏に、はたしてそこまでの思いがあったかどうかはわからないが、ひとつ言えるのは、彼は間違いなく面白い小説を書くことを目指していた。

またチームで何かしらの「事」に当たるというスタイルは、ここですでに確立していたと言えよう。これは以後の警察小説などで、さらに昇華した形で展開されていく。まさに今野敏の核が詰まった一作であったのだ。実際に、この素晴らしき処女長篇の評判は悪くなかったと記憶している。この人はすぐに第一線作家の仲間入りをするだろう、と確信したものだった。

ところが、そこからが長かった。もちろんその間も書いていなかったわけではない。おりからの新書ノベルス・ブームもあり、年に最低でも三冊は発表し続けていたのである。そんな自分のことを、彼は「賞も取れないし売れもしないけど、とにかく二十年俺作家やってた。（中略）消えもせず、潰《つぶ》れもせず、しかも売れもせず（笑）。演歌のように売ってきたんです」（『拳鬼伝』徳間文庫、巻末対談。のちに『密闘　渋谷署強行犯係』として徳間文庫。なおこの版には巻末対談はついていない）と自嘲《じちょう》気味に語っている。

そうした一方で、たとえば一九九八年二月号の「本の雑誌」では、〝九八年にブレイクする作家〟として今野敏が大々的に取り上げられたものだ。このとき、彼はデビューして二十年目。もはやベテランの域に入る年数だろう。著書の数も、この時点で百冊近くあったと思う。そういう作家が「本の雑誌」で、あえてブレイク云々《うんぬん》を取り沙汰《ざた》されたのだ。こんな例もちょっと珍しいかもしれない。

だが、彼が真にブレイクするのはそれからさらに十年ほど経《た》った後のことになる。二〇〇六年に『隠蔽捜査』（新潮文庫）で第二十七回吉川英治文学新人賞を受賞し、ついで二〇〇八年に『果断　隠蔽捜査2』（新潮文庫）で第二十一回山本周五郎賞と第六十一回日本推理作家協会賞をダブル受賞してから、ようやく一般的にも認知され、存在を知られるようになり、人気が一気に爆発したのだった。雌伏《しふく》の時という言葉があるけれど、失礼ながら今野敏の場合はその期間が尋常ではなかったように思う。それだけに作品の数も多いし、もっとも特徴的なのはシリーズ作がやたらと多い作家なのだった。さらには作品の傾向も、伝奇アクション、冒険・活劇、SF、武道・格闘技小説、そして警察小説と実に多岐にわたっている。警察小説で今野敏を知ったという読者は、知れば知るほどに彼の奥深さ、懐の広さに驚くのではなかろうか。

先にも書いたように、今野敏のスタートは伝奇アクションであった。《奏者水滸伝》シリーズ（全七巻。講談社文庫）が、今野敏伝説の礎となったと言っていいだろう。そこから《聖拳伝説》（全三巻。朝日文庫）、《新人類戦線》（のちに《特殊防諜班》と改題して講談社文庫。全七巻）、《秘拳水滸伝》（全四巻。ハルキ文庫）、《闘神伝説》（全四巻。集英社文庫）、《祓師《はらいし》・鬼龍光一》（全二巻。中公文庫）などの各シリーズが続々と書き継がれていったのだった。

古代より連綿と続くミスティックな宗教儀式や伝説、秘儀、武術などを通じて、それが現代社会の影の部分と結びついているという発想は、まさに伝奇小説の本道を往《ゆ》くものである。凄《すさ》まじい格闘場面に加えて、文明批評や社会諷刺《ふうし》、人類史の謎《なぞ》、恋愛模様までもが描かれており、エンターテインメントとしては充分すぎる作品と言ってよい。そしてさらにジャズがある。

また時代も味方した。八〇年代初頭から始まった新書ノベルス・ブームにより、出版社各社とも毎月まとまった数の作品点数が求められたのだ。その中心となったのが、ミステリーを筆頭とするエンターテインメント系の作品であった。当然その中には伝奇アクションも含まれる。今野敏はそうした時代の波にも乗り、書き下ろしで次々と新作や新シリーズを生み出していったのだった。

この伝奇アクション路線は、初期今野敏の一大潮流を成していくが、一方でその重要なテーマのひとつである空手、拳法といった武道をよりクローズ・アップさせてもいく。たとえば《孤拳伝》シリーズ（全四巻。中公文庫）は、母親の復《ふく》讐《しゅう》のために香港《ホンコン》から密航した少年が、強さを求めて武者修行を重ねるという物語だ。そこではプロレスをはじめとして、ボクシング、古武術、忍術、剣術、沖縄空手……といったありとあらゆる武術、格闘技が登場する。

あるいは『虎の道　龍の門』（上中下巻。中公文庫）では、天才空手家と不敗を誇る格闘技家のどちらが強いかという、その一点に物語が収斂《しゅうれん》していく。まさに武蔵と小次郎で、シンプルな筋立てなだけに誤魔化しがきかないのである。そんな小説における真剣勝負が何とも心地よいし、じわじわと迫りくるふたりの対決の場の迫力と緊張感は凄いのひとこと。またここに描かれる空手家の姿勢、道場経営、修行方法、弟子を思いやる気持ち、生き方などは、リアル社会の作者を彷《ほう》彿《ふつ》させて、興味深く読んだ。

異種格闘技戦ということでは『闘魂パンテオン』（のちに『ドリームマッチ』として徳間文庫）のプロレス対古武道も忘れ難い。一番強いのは誰だ。どの格闘技が最強なのか。言うのは簡単だが、途方もなく奥深いこの疑問に迫っていく姿勢が潔い。

感心するのは、現実の武道家の生涯を描いた評伝小説シリーズにも力を入れていることだ。武士の世が終焉《しゅうえん》を迎えた維新後も、ひたすら修行に励み合気柔術の道を極めた武田惣角《たけだそうかく》を描く『惣角流浪』をはじめ、嘉納治五郎《かのうじごろう》に見出《みいだ》され姿三四郎のモデルとなった西郷四郎《さいごうしろう》の青春を描いた『山嵐《やまあらし》』、琉球唐手を本土に伝えた富名腰義珍《ふなこしぎちん》の『義珍の拳』、真剣勝負の中で真の強さとは何かを追求した伝説の唐手家・本部朝基《もとぶちょうき》の壮絶な人生を描いた『武士猿《ブサーザールー》』（以上いずれも集英社文庫）といった一連の武道家小説には日本の武道の夜明けが克明に窺《うかが》える。

また他方で活劇アクションを特化させたものにも秀作が目白押しだ。個人的に趣味なのが『最後の戦慄《せんりつ》』（徳間文庫）という、二十二世紀後半を舞台にした作品。サイボーグ化した四人のテロリストを始末するために、傭兵《ようへい》チームが闘いを挑んでいく。しかしこの戦闘殺戮《さつりく》場面が半端じゃない。それまで抑制されていた感覚が、思い切り解き放たれた感があって、思うさま筆が走っているのだ。敵も味方もそれぞれに得意技があり、どこか山田風太郎の忍法帖ぽい雰囲気も感じられる。このシリーズにはもう一作『最後の封印』（徳間文庫）があるが、二作だけで終わってしまったのは惜しい。が、その代わりと言ってはなんだが、時代をずっと遡《さかのぼ》って現代を舞台にした《内調特命班》シリーズ（全二巻。徳間文庫）がある。ここに登場するのは、傭兵チームの関係者（祖先？）とも言える人物だ。

同じく冒険・活劇ものでは《ボディーガード工藤兵悟》シリーズ（既刊四作。ハルキ文庫&角川春樹事務所）も激しいアクション場面が満載だ。かつてフランスの外人部隊にいた男が、その経験と優れた格闘術を活かしてボディーガードを生業《なりわい》とする。彼が闘うことになる相手はマフィア、ＣＩＡ、ゲリラといずれも難敵ばかり。四作目の『デッドエンド』では、他の作品『曙光の街』（文春文庫）に登場したロシア最強の暗殺者ヴィクトルと対峙《たいじ》する。

ほかにも、対テロ国際特殊部隊に加わった元商社マンの活躍を描く《トランプ・フォース》シリーズ（全二巻。中公文庫）、世界の紛争地帯を股《また》にかける天才日本人傭兵〈シンゲン〉を追うジャーナリストが狂言回し役となる『シンゲン』（のちに『迎撃』として徳間文庫）、モスクワのテレビ局襲撃事件の際に託された一本のビデオテープをめぐる攻防劇の『拳と硝煙』（のちに『赤い密約』として徳間文庫）、行きつけのバーで飲んでいると、なぜか厄介事のタネが持ち込まれてくる『男たちのワイングラス』（のちに『マティーニに懺悔《ざんげ》を』としてハルキ文庫）、新宿歌舞伎町を舞台に、中国人犯罪組織が暗躍する『龍の哭《な》く街』（集英社文庫）などの単発作品も注目されたい。しかし今でも不思議でならないのは、海上保安庁特殊救難隊が主役の『波濤《はとう》の牙』（ハルキ文庫）がどうしてシリーズにならなかったのだろうか。海の小説が書きたかったという作者が、渾身《こんしん》の力を込めて書いた傑作なのである。冒頭、嵐《あらし》の海で遭難した漁船の乗組員を助ける謎の男たちの登場シーンからして、それは強烈なインパクトがあった。

SFの世界に目を向けると、隠れた代表作とも言えるスペース・ロボット・オペラの決定版《宇宙海兵隊ギガース》シリーズ（全六巻。講談社文庫＆ノベルス）がある。最終巻でのラスト数ページの熱さは感涙もの。

今野敏はチャレンジの人でもあって、実に様々なジャンルの小説に挑んでいる。『遠い国のアリス』（PHP文芸文庫）は、SFファンタジーと称していいパラレルワールドもの。旅先で熱を出し、夢うつつの状態で一夜を明かしたヒロインが翌朝目覚めると、どこか奇妙に肌合いの違う世界にいたという設定はSFではお馴染《なじ》みだろうが、それを今野敏がやっちゃうのである。それからこの作品にはもうひとつ、今野敏ファンとしてみれば思わず顔がほころんでしまう特別な魅力がある。

アイドル好きには何ともたまらない、胸キュンもののヒロイン像だ。今野敏自身がアイドル好きだったというのは有名な話で、その趣味（?）を作品の中でも発揮して、読者をとことん愉《たの》しませてくれるのだ。簡単な例では、登場人物の名前を松田春菜だとか飛田靖子といった、実在のアイドルに近いものにしたりするお遊びがある。かと思えば『時空《とき》の巫女《みこ》』（ハルキ文庫）では、新人タレントの発掘を依頼された男が、冒頭の第一行目で言われる台詞《せりふ》が、「だからさ、今だからこそアイドルなんだよ」というものだ。そこからアイドル探しが始まるのだが、そのイメージは清楚《せいそ》で可憐《かれん》、しかも妖艶《ようえん》。そして最大のポイントが〈神秘〉という要素であった。「触れたら壊れそうなんだけれども、何ものも侵すことのできない神聖さを持っている。危うさの中にある聖なる強さ……」最近のバラドルとは違う、純粋無垢《むく》なアイドル性を求めるのだ。

　アクション作家の〈私〉が主人公の異色作『夢みるスーパーヒーロー』（のちに『夢拳士《ドリーミングヒーロー》　アイドルを救え!!』として天山文庫。現在は絶版）には、作者の思う理想のアイドル像が描かれている。何と言っても、「そこに完全な少女がいた」

とまで書くんだから凄い。とある映画を観《み》た作者の〈私〉が、この作品でデビューしたヒロインを、ひと目見た瞬間に放心状態となってしまうのである。

あるいはまた『25時のシンデレラ』（のちに『デビュー』として実業之日本社文庫）のヒロインは、十七歳でカリフォルニア大学バークレー校を卒業し、十九歳で理論物理学と哲学の修士号を取った天才少女だ。今は本格的博士論文をものしようと準備しているが、その間を利用してバイト感覚で芸能界デビューした。そこで彼女は、虚飾にまみれた芸能界の裏側で蠢《うごめ》く悪者たちを容赦なく懲らしめていく。

ヒロインがアイドル性を備えているという作品は、シリーズ作でも見られる現象で、たとえば《特殊防諜班》には強い霊能力を受け継ぐ出雲の一族の末裔《まつえい》である美少女が登場する。彼女は、長い髪を編まずに垂らした、セーラー服姿でわれわれの前に現れる。さらには《秘拳水滸伝》は、惨殺された父親の跡を継ぎ「不動流」四代目宗家となった高校生の少女が主人公だ。こちらは、いざとなると大日如来が降りてくる。このふたりは、どちらも強烈な神秘性が感じられた。

こんな風に見ていくと、今野敏のヒロイン像には確実にある種の共通項があることがわかるだろう。もちろん、アイドルとは対極をなすとまでは言わないが、おそろしくセクシーでスタイルも抜群という美女を描くのも彼は得意なのだった……。

さて最後は、現在での主要な仕事となっている警察小説だが、これはこれで結構奥深いものがある。というのは、本格的な謎解きを中心としたミステリーはもちろんだが、力点の置き方によって警察小説は、活劇小説、風俗小説、人情小説、恋愛小説、成長小説、組織小説、家族小説……といかようにもその相貌《そうぼう》を変えて見せることができるのだ。

力点の置き方とは、たとえば時代の流行や世相、人々の暮らしぶりなどをつぶさに描写していくと、伝統的な捕物帳を踏襲した良質の風俗小説にもなりうるということだ。また事件関係者との交流を細やかに描けば、時代ものにも負けない人情小説となる可能性もあるし、新人警官が事件の捜査や先輩たちの教えを通して得た経験を自分のものにして、人間としての幅が出てくる過程を描けば立派な成長小説となる。この場合何よりの強みは、刑事や警察官はそれらの物語の中に、さほどの違和感がなく溶け込んでいけることだ。設定として無理がないのである。と同時に事件や犯罪を挟んで、人間関係の裏表が否応《いやおう》なく炙《あぶ》り出されていき、それをまた様々に――ストレートの直球勝負でも、とことんひねった形でも、自由自在に描写ができる幅広さもある。さらには部署によって仕事の内容がこれほど違ってくる職種もちょっと珍しく、階級による上下関係の差も著しく大きい。

要するに、こんなにも面白みがあり、可能性が広がっている小説のジャンルはそうはないと言えよう。しかも警察官という、言ってみれば社会の中では特別な枠組みに所属する人間たちの実情も、ちらりと垣間《かいま》見えてくるのだった。

今野敏は、こうした警察官を主人公とした物語の可能性を、早くから信じてこのジャンルに着手した作家であった。その始まりは、今やすっかりメジャーとなった《東京湾臨海署安積班》の前身となる《東京ベイエリア分署》シリーズである。ここで今野敏は、殺人事件の捜査をしている刑事の存在を一気に身近なものにしてくれたのだ。このとき彼は、「私は、犯罪捜査のサスペンスや推理などよりも、刑事たちのやり取りや人間関係、私生活での悩みや喜びにおもしろさを見いだしていった」（「ミステリマガジン」二〇〇五年十月号）という思いのもと、事件の解決のみを目的とする〝謎解き捜査〟小説とは一線を画した、新しい形の警察小説を目指していたのである。

ここでまず作者が何より留意したのが、物語の中心にいる刑事たちの人物造形、キャラクターだ。ことに主人公の安積警部補は、部下たちの動向を気にし、自分は嫌われてはいないだろうかと心配し、上司にもそれなりに気を遣い……という典型的な中間管理職なのである。ところが、そんな安積の不安をよそに、部下の刑事は彼を信じ、それぞれの能力を発揮して捜査にあたっていく。刑事とはいえ、何も特別なところはない〝等身大〟の人物たちが、公私に悩みを抱えつつ、仲間とともに一喜一憂しながら事態の解決を図ろうとするのだ。

安積班シリーズは、この《東京ベイエリア分署》から始まり、ついで《神南署安積班》を経て、現在の《東京湾臨海署安積班》(すべてハルキ文庫&角川春樹事務所)と続いていく。その途中で『蓬萊《ほうらい》』『イコン』(ともに講談社文庫)という神南署時代の安積が登場する番外編があり、それも含めると既刊十六冊の長大なシリーズとなっている。第一作の『二重標的《ダブルターゲット》』が書かれたのが一九八八年。それから一時期の中断はあったものの、二十五年にもなる息の長いシリーズとなったことに改めて驚く。また特筆すべきなのは、現実が小説に追いついてきたことだ。八八年当時、お台場地区周辺は何もない埋め立て地にすぎなかった。それが次第に開発が進み、二〇〇八年には実際に東京湾岸警察署が開設されたのである。

安積は所轄署の刑事であったが、警視庁捜査一課の警部補《警視庁強行犯係・樋口顕》シリーズの『リオ』『朱夏』『ビート』(いずれも新潮文庫&幻冬舎文庫)は、どちらかというと事件を起こした側と事件関係者のほうに軸足を置き、その背景をしっかりと描いた作品。ことに『ビート』は、作者自身がターニングポイントとなった作品だと、各種インタビューで述べている力作。これを書き終えてから肩の力が抜けて、自然体で小説の執筆が出来るようになったというのだ。捜査情報を漏らしたベテラン刑事と、家庭崩壊の危機を力感豊かに描いた野心作だった。

やはり警視庁捜査一課の刑事だが、ちょっと変わっているのが『触発』『アキハバラ』『パラレル』『エチュード』『ペトロ』(いずれも中公文庫&中央公論新社)の碓氷弘一部長刑事のシリーズだ。こちらはまず事件の質が普通ではない。それだけにどの場合でも専門家筋の人間に協力を仰ぐことになり、サポートの役がなぜか碓氷に回ってくる。陸上自衛隊の爆弾処理のスペシャリスト、女性心理捜査官、風変わりな外人大学教授などがそうだが、彼らがまた一筋縄ではいかない人物揃《ぞろ》い。が、やがては〝相棒〟のような関係になっていくのが心地よい。

相棒というと《拳鬼伝》シリーズ(のちに《渋谷署強行犯係》と改題)の辰巳吾郎刑事と、整体師にして武道の達人・竜門光一のコンビが活躍する『密闘』『義闘』

『宿闘』（いずれも徳間文庫）もなかなか味のある小粋なシリーズだった。

元マル暴刑事が、環境庁の外郭団体に出向させられることから始まる《潜入捜査》シリーズ（全六巻。実業之日本社文庫）も忘れてはならない。というのも、このシリーズはいくつかの点で画期的なところがあるからだ。まず捜査の対象が「環境犯罪」という、それまでになかったものだった。これが書かれたのは一九九一年から九五年にかけてである。当時は、こんな言葉はまだ使われていなかった。環境破壊、環境汚染に繋《つな》がる犯罪行為——産業廃棄物の不法投棄や、違法な森林伐採、野性動植物の不法取引などを指すものだが、こうした犯罪の陰には必ず暴力団が跋扈《ばっこ》していたのである。そこで敵役として、暴力団を正面から取り上げたのだったが、これも今野敏の小説としては初めてのことだった。また本人の弁によると、警察小説を書きたかったというのが最初の狙いだったのが、同時にもうひとつ、官僚を書いてみたかったとも。つまりは、のちのち警察官僚を書くようになった萌芽はこのシリーズにあったのだ。事実、ここで描かれる人物は《隠蔽捜査》の竜崎を彷彿させるというか、ほとんど原点と言ってよいだろう。

遊び感たっぷりの警察小説ということで、ひとつの冒険だったのが《ST警視庁科学特捜班》シリーズ（既刊十二巻。講談社文庫&ノベルス）だ。多様化する現代犯罪に対応すべく新設された部署で、これがまったく戦隊レンジャーものを思わせるのだった。メンバーの五人は、法医学担当、毒物などの化学担当、プロファイリング担当とそれぞれに得意分野を持っているが、それ以上に際立っているのが彼らの性格と能力だった。

これと似たような設定で、より特化させたのが《R特捜班》という、霊関係の事件を専門に捜査するチームの物語。残念ながら『心霊特捜』（双葉文庫）一作で続きがないのが惜しい。

チームというなら、組対四課や地域部、交通機動隊などあちこちの部署から集められ、特命を受ける『警視庁FC』（講談社ノベルス）がある。FCとはフィルム・コミッションの略で、映画やドラマの撮影に対して警視庁が様々な便宜を図るというストーリー。最後の最後で空前のひっくり返しがあり、呆然《ぼうぜん》とすること間違いなし。

捜査一課でも特殊犯捜査係SITに所属し、その中のオートバイ部隊トカゲの活躍を描く『TOKAGE』『天網』の《特殊遊撃捜査隊》シリーズ（朝日文庫）は、緊迫感溢《あふ》れる追尾シーンが圧巻。

一課以外では、捜査三課で盗犯ひと筋のベテラン警部補と若手女性捜査員のコンビを描く『確証』（双葉社）は、事件の謎を丁寧に追っていく実に警察小説らしい一作。

初任科研修で同期だった仲間との繋がりを描く『同期』『欠落』（講談社文庫＆講談社）は、警察組織内部の確執を背景にしながらも、相手を思いやる心を優先させる刑事が登場する。

刑事部とは積年の対立関係にある警備部の中でも、警視庁公安部の刑事を主人公に据えたのが『曙光の街』『白夜街道』『凍土の密約』『アクティブメジャーズ』

（文春文庫＆文藝春秋）の倉島達夫警部補シリーズだ。

神奈川県警五十五番目の新設署である、みなとみらい署を舞台にするのが『逆風の街』『禁断』『防波堤』の《横浜みなとみらい署暴対係》シリーズ（徳間文庫＆徳間書店）。なお、ここに登場するヤクザの一家（組員はひとりだけ）を発展させた形で、任侠《にんきょう》のヤクザを描いたのが『とせい』『任侠学園』『任侠病院』（中公文庫＆実業之日本社）のシリーズである。さらにそこで登場する人物を主役にした『マル暴甘糟』の物語が新たに始まっている。

変わったところでは、テレビ局のニュース記者が主人公となる『スクープ』『ヘッドライン』『クローズアップ』（集英社文庫＆集英社）のシリーズがある。記者とコンビを組むのが警視庁捜査一課で未解決事件の捜査にあたる刑事だ。

そしてエリート警察官僚が、所轄の警察署長に左遷されたことで起こる騒動の顚末《てんまつ》が描かれる《隠蔽捜査》シリーズ（既刊六冊。新潮文庫＆新潮社）は、警察組織のありようから考えさせていく。これぞ今野敏の人気が爆発する契機となった作品だ。

主人公の竜崎伸也はキャリア官僚である。キャリアというのは概ね原則主義を貫く人種だが、外に向かっては是とされるけれども、内の組織にも原則を貫くと今度は変人と見られてしまう。つまりはご都合主義的な〝組織のルール〟があるのが現実だ。それも特に役所ではこうしたダブルスタンダードが常識と化している。ところが、竜崎は原則を大切にしなければシステムは腐敗するとの信念を持つ、がちがちの原則主義者であったために、あちらこちらで衝突し面倒事に巻き込まれていく。とはいえ仕事に対しても家族に対しても、不器用ながら真正面からぶつかっていく姿勢には、忘れかけていた日本人の心を感じる読者は多い。

同じ捜査畑でも、所属する部署の違いや、役職の違いでこんなにも警察小説が変化するのだった。というよりも、警察小説は時に組織を描き、時に家族を描き、人情を描き、人生を描き……といかような形態にもなりうる文学の「器」であったのかもしれない。

そこに今野敏特有の「快感原則」が読者を包んでいく。

今野ファンならまず間違いなく感じておられるだろうが、彼の小説は読んでいていつの間にか気分が良くなってくる。小説とはおしなべてそんなものだとの意見もあろうが、今野敏の場合はちょっと違う。

頑固者であれ、はみだし者であれ、最初は浮き上がって見えた人物――たとえば竜崎伸也のような人物に対して、当初は敵対していた人間がいつしか理解を示し、仲間となっていく過程の描き方が何とも気持ちいいのである。読んでいて、心がじわじわと温かくなっていくのである。

デビュー以来、演歌のように地道にこつこつと売ってきた作家の底力が、そんなところにも感じられる。

何を読んでも面白い。こんな作家、そう滅多にいるものじゃない。それが今野敏だ。

（せきぐち・えんせい／文芸評論家・今野敏愛好会有志）

あとがき

かつて、これまでの空手の経験をエッセイ仕立てにした『琉球空手、ばか一代』を出版するときに思いました。

こんな本、誰が読むんだ。

そして今、同じことを考えています。

作家の生い立ちなどを綴《つづ》ったところで、誰が興味を持つのだろう。

読者は、作品を読みたいに決まっています。小説家は、素顔などさらさず、ひたすらミステリアスでいるほうが恰好《かっこう》いいと、ずっと思ってきました。

できれば、著者近影も掲載したくないのです。

小説家は、あくまで作品が勝負。エッセイなど書いている場合ではないし、生い立ちなどを人に披露する必要もない。

まあ、ちょっと気取って言うと、そういうふうに考えていたわけです。

しかし、私も年を取りました。私事で恐縮ですが、今年父が他界しました。そしてすでに、仲がよかった高校時代の友人や、大学時代の友人も、何人かこの世を去っています。

私の幼い頃や、若い頃の思い出を共有できる人たちがいなくなっていく。

そういう切実な思いを抱きました。

そして、ふと思い直したのです。

こうして、私の半生を記録して出版することは、読者の方々と、私の思い出を共有することになるのではないか、と。

自分の生い立ちが記されている書物が世に出る、などというのは、なんとも面《おも》映《は》ゆいものです。興味を持ってくれる人もそれほど多くはないと思っています。

それでも、この本を出版しようと思った背景には、そんな思いがあったのです。

私と、思い出を共有してくれる人が、一人でも増えてくれれば、それは私にとって幸福なことです。

解説を書いてくれた関口苑生さんは、おそらく、私の作品を初めて書評で取り上げてくれた批評家です。

彼もまた、私と多くの思い出を共有してくれる人々の一人です。大げさではなく、関口さんがいなかったら、今の私はないかもしれません。
この場を借りて、あらためてお礼を言いたいと思います。

二〇一三年十一月

今野　敏

今野敏 著作リスト

作品は、奥付に記載された年代順です。

1
ジャズ水滸伝　講談社　1982・2・27
【改題】超能力セッション走る！――ハイパー・サイキック・カルテット
講談社（講談社文庫）　1989・2・15
【改題】奏者水滸伝――阿羅漢集結　講談社（講談社文庫）　2009・10・15

2
海神の戦士　徳間書店（トクマ・ノベルズ）　1983・3・31　徳間書店（徳間文庫）　1988・7・15
【改題】獅子神《バール》の密命　朝日新聞出版（朝日文庫）　2011・1・30

3
レコーディング殺人事件　講談社（講談社ノベルス）　1983・12・5
【改題】フェイク――疑惑　講談社（講談社文庫）　2010・9・15

4
聖拳伝説　徳間書店（トクマ・ノベルズ）　1985・5・31　徳間書店（徳間文庫）　1988・12・15
【改題】聖拳伝説1――覇王降臨　朝日新聞出版（朝日文庫）　2010・5・30

5
超能力者狩り　講談社（講談社ノベルス）　1985・6・5
【改題】超能力者狩り――ハイパー・サイキック・カルテット2
講談社（講談社文庫）　1989・8・15
【改題】奏者水滸伝――小さな逃亡者　講談社（講談社文庫）　2010・1・15

6
怪物が街にやってくる　泰流社　1985・7・18　大陸書房（大陸ノベルス）　1988・7・8
朝日新聞出版（朝日文庫）　2009・6・30

7
妖獣のレクイエム――超能力者シリーズ2　講談社（講談社ノベルス）　1986・2・5
【改題】妖獣のレクイエム――ハイパー・サイキック・カルテット3
講談社（講談社文庫）　1990・3・15
【改題】奏者水滸伝――古丹、山へ行く　講談社（講談社文庫）　2010・4・15

8
新人類戦線〝失われた十支族〟禁断の系譜　廣済堂出版（廣済堂ブルーブックス）　1986・5・1
【改題】新人類戦線1――ユダヤ十支族の系譜　天山出版（天山文庫）　1988・6・6
【改題】ユダヤ十支族の系譜――封印の血脈Ⅰ　学習研究社（学研M文庫）　2002・1・18
【改題】特殊防諜班――連続誘拐　講談社（講談社文庫）　2008・12・12

9
茶室殺人伝説　サンケイ出版（サンケイ・ノベルス）　1986・5・10
講談社（講談社文庫）　2009・9・15

10
聖拳伝説2　徳間書店（トクマ・ノベルズ）　1986・8・31　徳間書店（徳間文庫）　1989・6・15
【改題】聖拳伝説2――叛徒襲来　朝日新聞出版（朝日文庫）　2010・6・30

11
夢見るスーパーヒーロー　光風社出版（光風社ノベルス）　1986・10・20
【改題】夢拳士《ドリーミングヒーロー》アイドルを救え!!　天山出版（天山文庫）　1990・2・5

12 超人暗殺団――超能力者シリーズ3　講談社（講談社ノベルス）　1986・11・5
【改題】超人暗殺教団――ハイパー・サイキック・カルテット4
講談社（講談社文庫）　1990・8・15
【改題】奏者水滸伝――白の暗殺教団　講談社（講談社文庫）　2010・7・15
13 聖卍《スワスチカ》コネクション――新人類戦線シリーズ　廣済堂出版（廣済堂ブルーブックス）　1987・1・10
【改題】新人類戦線2――聖卍コネクション　天山出版（天山文庫）　1988・8・5
【改題】聖卍コネクション――封印の血脈Ⅱ　学習研究社（学研M文庫）　2002・3・23
【改題】特殊防諜班――組織報復　講談社（講談社文庫）　2009・2・13
14 聖拳伝説3　徳間書店（トクマ・ノベルズ）　1987・3・31　徳間書店（徳間文庫）　1989・12・15
【改題】聖拳伝説3――荒神激突　朝日新聞出版（朝日文庫）　2010・7・30
15 復讐のフェスティバル――超能力者シリーズ4　講談社（講談社ノベルス）　1987・8・5
【改題】復讐のフェスティバル――ハイパー・サイキック・カルテット5
講談社（講談社文庫）　1991・5・15
【改題】奏者水滸伝――四人、海を渡る　講談社（講談社文庫）　2010・10・15
16 ユダヤ・プロトコルの標的――新人類戦線シリーズ
廣済堂出版（廣済堂ブルーブックス）　1987・8・15

【改題】新人類戦線3――ユダヤ・プロトコルの標的　天山出版（天山文庫）　1988・11・5
【改題】ユダヤ・プロトコルの標的――封印の血脈Ⅲ　学習研究社（学研M文庫）　2002・5・25
【改題】特殊防諜班――標的反撃　講談社（講談社文庫）　2009・4・15

17 裏切りの追跡者――超能力者シリーズ5　講談社（講談社ノベルス）　1988・3・5
【改題】奏者水滸伝――追跡者の標的　講談社（講談社文庫）　2011・4・15

18 切り札部隊――トランプ・フォース　扶桑社　1988・3・14
【改題】切り札――トランプ・フォース　中央公論新社（中公文庫）　2010・8・25

19 ミュウ・ハンター――最後の封印　徳間書店（トクマ・ノベルズ・ミオ）　1988・5・31
【改題】最後の封印　徳間書店（徳間文庫）　2009・11・15

20 過去《シュパンダウ》からの挑戦者――新人類戦線シリーズ　天山出版（天山ノベルス）　1988・6・6
【改題】特殊防諜班――凶星降臨　講談社（講談社文庫）　2009・8・12

21 東京ベイエリア分署――安積警部補シリーズ　大陸書房（大陸ノベルス）　1988・10・8
【改題】二重標的《ダブルターゲット》――東京ベイエリア分署　勁文社（ケイブンシャ文庫）　1996・4・15
角川春樹事務所（ハルキ文庫）　2006・4・18

22 失われた神々の戦士――新人類戦線シリーズ　天山出版（天山ノベルス）　1988・12・5
【改題】特殊防諜班――諜報潜入　講談社（講談社文庫）　2009・11・13

23 怒りの超人戦線――超能力者シリーズ6　講談社（講談社ノベルス）　1989・1・5
【改題】奏者水滸伝――北の最終決戦　講談社（講談社文庫）　2011・11・15

24 男たちのワイングラス　実業之日本社（ジョイ・ノベルス）　1989・4・20
【改題】マティーニに懺悔を　角川春樹事務所（ハルキ文庫）　2001・2・18
新装版　角川春樹事務所（ハルキ文庫）　2012・9・18

25 トランプ・フォース　扶桑社　1989・4・25
【改題】戦場――トランプ・フォース　狙われた戦場　中央公論新社（中公文庫）　2010・9・25

26 遠い国のアリス　廣済堂出版（廣済堂ブルーブックス）　1989・4・25
PHP研究所（PHP文芸文庫）　2010・10・29

27 秘拳水滸伝　祥伝社（ノン・ノベル）　1989・6・20
【改題】秘拳水滸伝1――如来降臨篇　角川春樹事務所（ハルキ文庫）　1998・6・18
新装版　角川春樹事務所（ハルキ文庫）　2009・9・18

28 ガイア戦記　徳間書店（トクマ・ノベルズ）　1989・7・31
【改題】最後の戦慄　徳間出版（徳間文庫）　2010・1・15

29 黒い翼の侵入者――新人類戦線シリーズ　天山出版（天山ノベルス）　1989・10・5
【改題】特殊防諜班――聖域炎上　講談社（講談社文庫）　2010・3・12

30 虚構の殺人者――東京ベイエリア分署Ⅱ　大陸書房（大陸ノベルス）１９９０・３・６
【改題】虚構の標的　勁文社（ケイブンシャ文庫）１９９７・10・15
【改題】虚構の殺人者　角川春樹事務所（ハルキ文庫）２００６・10・18

31 犬神族の拳　徳間書店（トクマ・ノベルズ）１９９０・５・31
【改題】内調特命班――邀撃捜査　徳間書店（徳間文庫）２００９・５・15

32 宇宙海兵隊　徳間書店（徳間文庫）１９９０・６・15

33 凶剣軍団の逆襲――秘拳水滸伝２　祥伝社（ノン・ノベル）１９９０・９・15
【改題】秘拳水滸伝２――明王招喚篇　角川春樹事務所（ハルキ文庫）１９９８・７・18
新装版　角川春樹事務所（ハルキ文庫）２００９・10・18

34 千年王国の聖戦士《メシア》――新人類戦線シリーズ　天山出版（天山ノベルス）１９９０・10・５
【改題】特殊防諜班――最終特命　講談社（講談社文庫）２０１０・６・15

35 闘神伝説１　ＫＫベストセラーズ　１９９０・12・31
【改題】闘神伝説Ⅰ　集英社（集英社文庫）２００９・12・20

36 闘神伝説２　ＫＫベストセラーズ　１９９１・４・10
【改題】闘神伝説Ⅱ　集英社（集英社文庫）２００９・12・20

37 聖王獣拳伝　天山出版（天山ノベルス）　1991・5・7
【改題】潜入捜査　実業之日本社（ジョイ・ノベルス）　2008・7・15
実業之日本社（実業之日本社文庫）　2011・2・15

38 硝子の殺人者――東京ベイエリア分署Ⅲ　大陸書房（大陸ノベルス）　1991・8・20
勁文社（ケイブンシャ文庫）　1998・11・15　角川春樹事務所（ハルキ文庫）　2006・9・18

39 闘神伝説3　KKベストセラーズ　1991・9・5
【改題】闘神伝説Ⅲ　集英社（集英社文庫）　2010・1・25

40 怒りの神拳――秘拳水滸伝3　祥伝社（ノン・ノベル）　1991・11・30
【改題】秘拳水滸伝3――第三明王篇　角川春樹事務所（ハルキ文庫）　1998・8・18
新装版　角川春樹事務所（ハルキ文庫）　2009・11・18

41 闘神伝説4　KKベストセラーズ　1991・12・5
【改題】闘神伝説Ⅳ　集英社（集英社文庫）　2010・2・25
※『闘神伝説』全篇をまとめた作品
闘神伝説　上・下　徳間書店（徳間文庫）　1995・2・15

42 宇宙海兵隊2――ジュピター・シンドローム　徳間書店（徳間文庫）　1991・12・15

43 孤拳伝――黎明篇　中央公論社（C★NOVELS）　1992・2・15

44 謀殺の拳士——犬神族の拳2 徳間書店（トクマ・ノベルズ） 1992・2・29
【改題】内調特命班——徒手捜査 徳間書店（徳間文庫） 2009・7・15

45 聖王獣拳伝2 天山出版（天山ノベルス） 1992・4・25
【改題】排除——潜入捜査2 実業之日本社（ジョイ・ノベルス） 2008・10・10
実業之日本社（実業之日本社文庫） 2011・8・15

46 25時のシンデレラ 実業之日本社（ジョイ・ノベルス） 1992・6・10
【改題】デビュー 実業之日本社（実業之日本社文庫） 2013・8・15

47 拳鬼伝 徳間書店（トクマ・ノベルズ） 1992・6・30 徳間書店（徳間文庫） 1999・1・15
【改題】密闘——渋谷署強行犯係 徳間書店（徳間文庫） 2011・5・15

48 闘魂パンテオン 大陸書房（大陸ノベルス） 1992・7・23 徳間書店（徳間文庫） 1993・6・15
【改題】ドリームマッチ 徳間書店（徳間文庫） 2012・2・15

49 孤拳伝——迷闘篇 中央公論社（C★NOVELS） 1992・11・15

50 最後の聖拳——秘拳水滸伝4 完結編 祥伝社（ノン・ノベル） 1992・11・30
【改題】秘拳水滸伝4——弥勒救済篇 角川春樹事務所（ハルキ文庫） 1998・9・18
新装版 角川春樹事務所（ハルキ文庫） 2009・12・18

51 賊狩り――拳鬼伝2　徳間書店（トクマ・ノベルズ）　1993・2・28
【改題】義闘――渋谷署強行犯係　徳間書店（徳間文庫）　2008・11・15

52 孤拳伝――烈風篇上・下　中央公論社（C★NOVELS）　1993・3・15

53 覇拳聖獣鬼　飛天出版（HITEN NOVELS）　1993・4・5
【改題】処断――潜入捜査　実業之日本社（ジョイ・ノベルス）　2009・1・25
実業之日本社（実業之日本社文庫）　2011・12・15

54 鬼神島――拳鬼伝3　徳間書店（トクマ・ノベルズ）　1993・6・30
【改題】宿闘――渋谷署強行犯係　徳間書店（徳間文庫）　2009・3・15

55 逃げ切る　祥伝社（ノン・ノベル）　1993・7・20
【改題】ナイトランナー――ボディーガード工藤兵悟1　角川春樹事務所（ハルキ文庫）　1999・2・18
新装版　角川春樹事務所（ハルキ文庫）　2008・8・18

56 孤拳伝――流浪篇　中央公論社（C★NOVELS）　1993・9・15

57 覇拳必殺鬼　飛天出版（HITEN NOVELS）　1993・10・5
【改題】罪責――潜入捜査　実業之日本社（ジョイ・ノベルス）　2009・4・25
実業之日本社（実業之日本社文庫）　2012・4・15

58 拳と硝煙　徳間書店（トクマ・ノベルズ）　1994・4・30

59 【改題】赤い密約　徳間書店（徳間文庫）2007・12・15
追跡原生林――北八ヶ岳72時間の壁　祥伝社（ノン・ノベル）1994・4・30
【改題】チェイス・ゲーム――ボディーガード工藤兵悟2
角川春樹事務所（ハルキ文庫）1999・3・18
新装版　角川春樹事務所（ハルキ文庫）2008・9・18

60 孤拳伝――群雄篇　中央公論社（C★NOVELS）1994・7・15

61 蓬莱　講談社　1994・7・25
講談社（講談社ノベルス）1996・8・5　講談社（講談社文庫）1997・7・15

62 覇拳飛龍鬼　飛天出版（HITEN NOVELS）1994・8・5
【改題】臨界――潜入捜査　実業之日本社（ジョイ・ノベルス）2009・9・10
実業之日本社（実業之日本社文庫）2012・10・15

63 シンゲン　実業之日本社（ジョイ・ノベルス）1994・9・30
【改題】迎撃　徳間書店（徳間文庫）2010・7・15

64 孤拳伝――龍門篇　中央公論社（C★NOVELS）1994・10・25

65 鬼龍　角川書店（カドカワノベルズ）1994・11・25　中央公論新社（中公文庫）2011・5・25

66 事件屋　光風社出版（光風社ノベルス）1994・12・15

67　38口径の告発　徳間書店（トクマ・ノベルズ）１９９５・２・28　幻冬舎（幻冬舎文庫）１９９８・10・25
　　朝日新聞出版（朝日文庫）２０１０・３・30

68　覇拳葬魔鬼　飛天出版（ＨＩＴＥＮ ＮＯＶＥＬＳ）１９９５・３・６
【改題】終極——潜入捜査　実業之日本社（ジョイ・ノベルス）２００９・11・25
　　実業之日本社（実業之日本社文庫）２０１３・２・15

69　孤拳伝——春秋篇　中央公論社（Ｃ★ＮＯＶＥＬＳ）１９９５・４・15

70　血路　祥伝社（ノン・ノベル）１９９５・４・30
【改題】バトル・ダーク——ボディーガード工藤兵悟３　角川春樹事務所（ハルキ文庫）１９９９・４・18
　　新装版　角川春樹事務所（ハルキ文庫）２００８・10・18

71　イコン　講談社　１９９５・10・10　講談社（講談社文庫）１９９８・８・15

72　孤拳伝——覚醒篇　中央公論社（Ｃ★ＮＯＶＥＬＳ）１９９５・11・15

73　龍の哭く街　飛天出版（ＨＩＴＥＮ ＮＯＶＥＬＳ）１９９６・１・５
　　実業之日本社（ジョイノベルス）２０１０・３・25　集英社（集英社文庫）２０１１・８・25

74　大虎《ダーフー》の拳　徳間書店（トクマ・ノベルズ）１９９６・３・31
【改題】闇の争覇　徳間書店（徳間文庫）２００７・８・15

75　波濤の牙　祥伝社（ノン・ノベル）１９９６・４・30　角川春樹事務所（ハルキ文庫）２００４・２・18

76 リオ　幻冬舎　1996・7・4　幻冬舎（幻冬舎文庫）　1999・11・25
【改題】リオ――警視庁強行犯係・樋口顕　新潮社（新潮文庫）　2007・7・1
【改題】波濤の牙――海上保安庁特殊救難隊　新装版　角川春樹事務所（ハルキ文庫）　2011・1・18

77 触発　中央公論社　1996・9・15　中央公論社（C★NOVELS）　1998・10・25
中央公論新社（中公文庫）　2001・4・15

78 孤拳伝――沖縄篇　中央公論社（C★NOVELS）　1996・11・25

79 警視庁神南署――新・安積警部補シリーズ　勁文社（ケイブンシャノベルス）　1997・5・10
勁文社（ケイブンシャ文庫）　2000・1・15　角川春樹事務所（ハルキ文庫）　2007・2・1

80 孤拳伝――完結篇　中央公論社（C★NOVELS）　1997・5・15
※『孤拳伝』全篇をまとめた作品
復讐――孤拳伝1　中央公論新社（中公文庫）　2008・11・25
漆黒――孤拳伝2　中央公論新社（中公文庫）　2008・12・20
群雄――孤拳伝3　中央公論新社（中公文庫）　2009・1・25
覚醒――孤拳伝4　中央公論新社（中公文庫）　2009・2・25

81 慎治　双葉社　1997・8・15　双葉社（双葉文庫）　1999・10・15
中央公論新社（中公文庫）　2007・8・25

82 スクープですよ！　実業之日本社（ジョイ・ノベルス）　1997・9・25
【改題】スクープ　集英社（集英社文庫）　2009・2・25

83 惣角流浪　集英社　1997・10・30　集英社（集英社文庫）　2001・10・25

84 ST　警視庁科学特捜班　講談社（講談社ノベルス）　1998・3・5
講談社（講談社文庫）　2001・6・15

85 朱夏　幻冬舎　1998・4・15
【改題】朱夏——警視庁強行犯係・樋口顕　新潮社（新潮文庫）　2007・10・1

86 レッド　文藝春秋　1998・8・10　角川春樹事務所（ハルキ文庫）　2003・4・18
新装版　角川春樹事務所（ハルキ文庫）　2011・8・18

87 熱波　角川書店　1998・10・25　角川春樹事務所（ハルキ・ノベルス）　2001・8・8
角川春樹事務所（ハルキ文庫）　2004・8・18

88 神南署安積班　勁文社（ケイブンシャノベルス）　1998・11・10
角川春樹事務所（ハルキ文庫）　2001・12・18

89 時空《とき》の巫女　角川春樹事務所（ハルキ・ノベルス）　1998・12・8
角川春樹事務所（ハルキ文庫）　1999・11・1
新装版　角川春樹事務所（ハルキ文庫）　2009・5・18

90 アキハバラ　中央公論新社　1999・4・15　中央公論新社（C★NOVELS）　2001・11・25
中央公論新社（中公文庫）　2004・2・25

91 ST 警視庁科学特捜班──毒物殺人　講談社（講談社ノベルス）　1999・9・5
講談社（講談社文庫）　2002・9・15

92 残照　角川春樹事務所　2000・4・8　角川春樹事務所（ハルキ・ノベルス）　2002・6・8
角川春樹事務所（ハルキ文庫）　2003・11・18

93 神々の遺品　双葉社　2000・7・10　双葉社（双葉文庫）　2002・12・20

94 陽炎──東京湾臨海署安積班　角川春樹事務所　2000・9・8
角川春樹事務所（ハルキ・ノベルス）　2003・6・8
角川春樹事務所（ハルキ文庫）　2006・1・18

95 わが名はオズヌ　小学館　2000・10・10　小学館（小学館文庫）　2003・10・1

96 襲撃　徳間書店（徳間文庫）　2000・10・15

97 ビート　幻冬舎　2000・10・31　幻冬舎（幻冬舎文庫）　2005・3・31
【改題】ビート──警視庁強行犯係・樋口顕　新潮社（新潮文庫）　2008・5・1

98 山嵐　集英社　2000・11・30　集英社（集英社文庫）　2003・2・25

99 ST 警視庁科学特捜班——黒いモスクワ 講談社（講談社ノベルス） 2000・12・5
講談社（講談社文庫） 2004・1・15

100 陰陽祓い 学習研究社（学研M文庫） 2001・7・15
【改題】陰陽——祓師・鬼龍光一 中央公論新社（中公文庫） 2009・10・25

101 宇宙海兵隊 ギガース 講談社（講談社ノベルス） 2001・10・5 講談社（講談社文庫） 2008・7・15

102 虎の道 龍の門 壱 中央公論新社（C★NOVELS） 2001・10・25
【改題】虎の道 龍の門 上 中央公論新社（中公文庫） 2006・11・25

103 曙光の街 文藝春秋 2001・11・30 文藝春秋（文春文庫） 2005・9・10

104 人狼 徳間書店（徳間文庫） 2001・12・15 新装版 徳間書店（徳間文庫） 2013・8・15

105 虎の道 龍の門 弐 中央公論新社（C★NOVELS） 2002・2・25
【改題】虎の道 龍の門 中 中央公論新社（中公文庫） 2006・12・20

106 武打星 毎日新聞社 2002・3・20 中央公論新社（C★NOVELS） 2005・2・25
新潮社（新潮文庫） 2009・1・1

107 殺人ライセンス メディアファクトリー 2002・5・25
実業之日本社（ジョイ・ノベルス） 2008・2・25

108 宇宙海兵隊 ギガース2 講談社（講談社ノベルス） 2002・6・5

109 最前線──東京湾臨海署安積班　角川春樹事務所　2002・6・8
講談社（講談社文庫）　2008・8・12
角川春樹事務所（ハルキ文庫）　2007・8・18

110 虎の道 龍の門　参　中央公論新社（C★NOVELS）　2002・6・25
【改題】虎の道 龍の門　下　中央公論新社（中公文庫）　2007・1・25

111 海に消えた神々　双葉社　2002・9・25　双葉社（双葉文庫）　2005・3・20

112 ST 警視庁科学特捜班──青の調査ファイル　講談社（講談社ノベルス）　2003・2・5
講談社（講談社文庫）　2006・5・15

113 憑物祓い　学習研究社（学研M文庫）　2003・2・17
【改題】憑物──祓師・鬼龍光一　中央公論新社（中公文庫）　2009・11・25

114 宇宙海兵隊 ギガース3　講談社（講談社ノベルス）　2003・6・6
講談社（講談社文庫）　2008・9・12

115 ST 警視庁科学特捜班──赤の調査ファイル　講談社（講談社ノベルス）　2003・7・5
講談社（講談社文庫）　2006・8・11

116 逆風の街──横浜みなとみらい署暴力犯係　徳間書店　2003・12・31
徳間書店（徳間文庫）　2006・6・15

117 ST 警視庁科学特捜班――黄の調査ファイル　講談社（講談社ノベルス）2004・1・8
講談社（講談社文庫）2006・11・15

118 パラレル　中央公論新社　2004・2・28　中央公論新社（中公文庫）2006・5・25

119 半夏生――東京湾臨海署安積班　角川春樹事務所　2004・8・8
角川春樹事務所（ハルキ文庫）2009・2・18

120 とせい　実業之日本社　2004・11・25　中央公論新社（中公文庫）2007・11・25

121 ST 警視庁科学特捜班――緑の調査ファイル　講談社（講談社ノベルス）2005・1・10
講談社（講談社文庫）2007・2・15

122 義珍の拳　集英社　2005・5・30　集英社（集英社文庫）2009・5・25

123 ST 警視庁科学特捜班――黒の調査ファイル　講談社（講談社ノベルス）2005・8・4
講談社（講談社文庫）2007・5・15

124 隠蔽捜査　新潮社　2005・9・20　新潮社（新潮文庫）2008・2・1

125 提督たちの大和――小説 伊藤整一　角川春樹事務所（ハルキ文庫）2005・12・18

126 宇宙海兵隊 ギガース4　講談社（講談社ノベルス）2006・5・9
講談社（講談社文庫）2011・6・15

127 ST――為朝伝説殺人ファイル　講談社（講談社ノベルス）2006・7・10

講談社（講談社文庫）　2009・7・15

128 白夜街道　文藝春秋　2006・7・30　文藝春秋（文春文庫）　2008・11・10

129 膠着　中央公論新社　2006・10・25　中央公論新社（中公文庫）　2010・1・25

130 果断――隠蔽捜査2　新潮社　2007・4・25　新潮社（新潮文庫）　2010・2・1

131 花水木――東京湾臨海署安積班　角川春樹事務所　2007・9・8
角川春樹事務所（ハルキ文庫）　2009・4・18

132 任侠学園　実業之日本社　2007・9・25　実業之日本社（ジョイ・ノベルス）　2010・1・25
中央公論新社（中公文庫）　2012・1・25

133 ST――桃太郎伝説殺人ファイル　講談社（講談社ノベルス）　2007・12・6
講談社（講談社文庫）　2010・11・12

134 TOKAGE――特殊遊撃捜査隊　朝日新聞出版　2008・1・30
朝日新聞出版（朝日文庫）　2009・12・30

135 ティターンズの旗のもとに――ADVANCE OF Z　上・下
アスキーメディアワークス　2008・4・15
アスキーメディアワークス（メディアワークス文庫）　2010・7・26

136 宇宙海兵隊ギガース5　講談社（講談社ノベルス）２００８・５・８
講談社（講談社文庫）２０１２・９・14

137 琉球空手、ばか一代　集英社（集英社文庫）２００８・５・25

138 心霊特捜　双葉社　２００８・８・25　双葉社（双葉文庫）２０１１・10・16

139 疑心――隠蔽捜査３　新潮社　２００９・３・20　新潮社（新潮文庫）２０１２・２・１

140 武士猿《ブサーザールー》　集英社　２００９・５・30　集英社（集英社文庫）２０１２・５・25

141 安積班読本　角川春樹事務所（ハルキ文庫）２００９・７・８

142 同期　講談社　２００９・７・16　講談社（講談社ノベルス）２０１１・７・６
講談社（講談社文庫）２０１２・７・13

143 凍土の密約　文藝春秋　２００９・９・15　文藝春秋（文春文庫）２０１２・３・10

144 夕暴雨《ゆうぼくう》――東京湾臨海署安積班　角川春樹事務所　２０１０・１・18
角川春樹事務所（ハルキ文庫）２０１２・４・18

145 天網――ＴＯＫＡＧＥ２特殊遊撃捜査隊　朝日新聞出版　２０１０・２・28
朝日新聞出版（朝日文庫）２０１２・９・30

146 初陣――隠蔽捜査３・５　新潮社　２０１０・５・20　新潮社（新潮文庫）２０１３・２・１

147 禁断――横浜みなとみらい署暴対係　徳間書店　２０１０・６・30　徳間書店（徳間文庫）２０１３・５・15

148 叛撃　実業之日本社　2010・7・25　実業之日本社（ジョイ・ノベルス）　2012・1・25
149 烈日——東京湾臨海署安積班　角川春樹事務所　2010・9・18
角川春樹事務所（ハルキ文庫）　2013・7・18
150 エチュード　中央公論新社　2010・11・25　中央公論新社（C★NOVELS）　2012・11・25
中央公論新社（中公文庫）　2013・12・20
151 ST——沖ノ島伝説殺人ファイル　講談社（講談社ノベルス）　2010・12・21
講談社（講談社文庫）　2013・6・14
152 警視庁FC　毎日新聞社　2011・2・15　講談社（講談社ノベルス）　2013・4・3
153 ビギナーズラック　徳間書店（徳間文庫）　2011・3・15
154 ヘッドライン　集英社　2011・5・30　集英社（集英社文庫）　2013・4・25
155 化合　講談社　2011・7・7
【改題】化合——ST 序章　講談社（講談社文庫）　2013・2・6
156 転迷——隠蔽捜査4　新潮社　2011・9・20
157 任俠病院　実業之日本社　2011・10・25　実業之日本社（ジョイ・ノベルス）　2013・9・20
158 防波堤——横浜みなとみらい署暴対係　徳間書店　2011・11・30
159 デッドエンド——ボディーガード工藤兵悟　角川春樹事務所　2012・3・8

160 ペトロ　中央公論新社　2012・4・25
161 確証　双葉社　2012・7・22
162 宇宙海兵隊 ギガース6　講談社（講談社ノベルス）　2012・11・6
163 欠落　講談社　2013・1・7
164 晩夏——東京湾臨海署安積班　角川春樹事務所　2013・2・18
165 クローズアップ　集英社　2013・5・30
166 宰領——隠蔽捜査5　新潮社　2013・6・30
167 アクティブメジャーズ　文藝春秋　2013・8・10
168 流行作家は伊達じゃない　角川春樹事務所（ハルキ文庫）　2014・1・18

写真協力（79頁）
徳間書店
構成・編集
関口苑生
石坂茂房
編集
運天那美（角川春樹事務所）
鳥原龍平（角川春樹事務所）

Haruki Bunko
ハルキ文庫

こ3-38

流行《りゅうこう》作家《さっか》は伊達《だて》じゃない

著者 今野《こんの》 敏《びん》

2014年1月18日第一刷発行

発行者 角川春樹

発行所 株式会社角川春樹事務所
〒102-0074 東京都千代田区九段南2-1-30 イタリア文化会館

電話 03(3263)5247(編集)
03(3263)5881(営業)

印刷・製本 中央精版印刷株式会社

フォーマット・デザイン 芦澤泰偉
表紙イラストレーション 門坂 流

ISBN978-4-7584-3795-0 C0195
http://www.kadokawaharuki.co.jp/[営業]
fanmail@kadokawaharuki.co.jp[編集] ご意見・ご感想をお寄せください。

今野敏の本

ハルキ文庫

ノンシリーズ

ハルキ文庫

熱波

米軍基地の撤去が計画される沖縄で蠢く謎のマフィアたち。若き官僚が見た危機とは？

時《と》空《き》の巫女【新装版】

同じ名を持つ二人の「チアキ」。
世界の未来を背負った女性たちの運命が交錯する。

波濤の牙
海上保安庁特殊救難隊【新装版】

台風の中、救難に向かった巡視艇が消えた。特殊救難隊を待ち受ける恐るべき事件とは!?

レッド【新装版】

山奥の沼「蛇姫沼」に隠された秘密。元刑事と陸上自衛官が国家を揺るがす陰謀に挑む。

マティーニに懺悔を【新装版】

表の顔は茶道の師匠、裏の顔は武道の達人。魅力的なキャラクターたちが集う傑作短篇集。

秘拳水滸伝シリーズ

ハルキ文庫◆全４巻

惨殺された父の跡を継ぎ、「不動流」四代目宗家になった長尾久遠の元に様々な刺客が現れる。飛鳥、ジャクソン、白燕とともに、世界制覇を企む「三六会」の野望を打ち砕けるか。

秘拳水滸伝①
如来降臨篇【新装版】

秘拳水滸伝②
明王招喚篇【新装版】

秘拳水滸伝③
第三明王編【新装版】

秘拳水滸伝④
弥勒救済篇【新装版】